博雅文丛

问隅编

止庵

中央编译出版社
Central Compilation & Translation Press

图书在版编目(CIP)数据

向隅编 / 止庵著 . —北京：中央编译出版社，2015.6
ISBN 978-7-5117-2689-6

I. ①向… II. ①止… III. ①随笔－作品集－中国－当代 IV. ① I267.1

中国版本图书馆 CIP 数据核字 (2015) 第 127283 号

向隅编

出 版 人：刘明清
出版统筹：董 巍
责任编辑：韩慧强 王媛媛
责任印制：尹 珺
出版发行：中央编译出版社
地 址：北京西城区车公庄大街乙 5 号鸿儒大厦 B 座 (100044)
电 话：(010) 52612345（总编室） (010) 52612363（编辑室）
(010) 52612316（发行部） (010) 52612317（网络销售）
(010) 52612346（馆配部） (010) 66509618（读者服务部）
传 真：(010) 66515838
经 销：全国新华书店
印 刷：山东鸿君杰文化发展有限公司
开 本：880 毫米 ×1230 毫米 1/32
字 数：146 千字
印 张：7.5
版 次：2015 年 8 月第 1 版第 1 次印刷
定 价：36.00 元

网 址：www.cctphome.com 邮 箱：cctp@cctphome.com
新浪微博：@ 中央编译出版社 微 信：中央编译出版社（ID：cctphome）
淘宝店铺：中央编译出版社直销店 (http://shop108367160.taobao.com) (010)52612349

目 录

卷二

卷三

序

多年前读刘向《说苑》，《贵德》篇云：“今有满堂饮酒者，有一人独索然向隅而泣，则一堂之人皆不乐矣。”一时颇生感慨。以后回想起来，不知道当初何以如此。先来声明一句，这个向隅而泣的人并不是我。我没有这么委屈，也不打算过分扫大家的兴；偶尔逢场作戏，跟着别人喝上两杯亦无所谓，虽然未必清楚究竟凑在一起乐和什么；实在不情愿呢，自个儿悄悄走开就是了。

小时候我一度动辄就哭，总觉得心中不平；那是“文革”初起，家境困难，家里人抱怨说都让我给哭穷了。也许所以留意向隅而泣，能够在童年记忆中找到这么一点依据。然而久矣夫我已不再多愁善感了。除了偶尔——多半是谈及历史上一些人和事时——有所感动外，说是超脱也罢，说是冷漠也罢，反正现在我就是这个样子。所写文章，多少也有所体现。辩解的话，可以说感性之外别有知性，亦不失为与世界打交道的途径之一；不过我与抒情一派乃为隔教，却是显而易见的了。

究其缘由，年齿渐长，阅历略增，或为其一；另外可能也与大学念的医科，又当过医生有关。医生往往被称颂为救死扶伤，然则此系职业所在；其实对于人间种种病痛，他倒是见怪不怪，不会感情用事。身兼医生、作家二职者如契诃夫、塞利纳，作品尤为冷静清醒，即是医生习性使然。当然还可以提到鲁迅，可他在仙台医专才一年半，基础课尚未学完，大概不曾接触病人；其冷峻深刻之处，或许另有主要原因。我讲这个，并非要引大师以自重，而是惋惜自己的情感生涯过早结束，有所失而无所得也。

中国的章回小说,《老残游记》尤为我所钟爱,曾经一读再读。开头那篇自叙，我却不很喜欢。其中特别标举哭泣，推为人类灵性的表现。有云：“哭泣计有两类，一为有力类，一为无力类。痴儿骙女，失果则啼，遗簪亦泣，此为无力类之哭泣；城崩杞妇之哭，竹染湘妃之泪，此有力类之哭泣也。有力类之哭泣又分两种，以哭泣为哭泣者，其力尚弱；不以哭泣为哭泣者，其力甚劲，其行乃弥远也。”这话倒可自成一说，如果把哭泣理解为情感投入的话；然而无论如何，我还是替子政笔下向隅而泣之人，以及自己打抱不平。按照这种分法，该人之哭泣，不是“无力”，就是“其力尚弱”；至于我等，则将摈于人类灵性之外矣。世人别种情况，作者却未道及，譬如滥抒情，青春气，浮躁夸饰，渲染造作，等等。也许铁云眼界自高，觉得不值一提。本诸宁缺勿滥之义，自忖较之若辈犹胜一筹也。

在《说苑》的记载中，如果可以分开一说，我对“向隅”比对“泣”更其关注。我哥哥建文十五岁下乡，以后寄来一帧共同插队的学生合影，大家都面对镜头，惟独他站在末排一侧，目光朝向旁边。这照片给我留下很深印象，其意趣正与“向隅”相仿佛。哥哥至为聪慧，又较孤僻，二十三年前离家出走，杳无音信。我曾写过《我的哥哥》一篇，略述其事。时至今日，我仍不明白他何以下此决心。但是那照片上他的神情，似乎提前透露一点信息，只是我们一向未能理解。他出走是在天亮之前，当时母亲和我都还睡着；假如有人醒了，极力加以挽留，他是否断绝此念，我也不敢肯定。哥哥是对人世加以拒绝的人，就像刘向所写的那位一样；至于为何非要拒绝不可，我想这是尚且恋恋不舍的我们所难以真正理解的。

前已言明，我并不曾向隅而泣，但是总归不能忘怀那人，以及类似的人，觉得深可体谅同情。此番编订新作，偶然想起这事，略述感想，权当一篇序言，并以“向隅编”命名吾集。盖本书以闲适题目居多，目之为“向隅”亦无不可，虽然并不怎么严重耳。复阅刘著，“一堂之人皆不乐矣”，这情景不无尴尬，却也令人感动，至少比满座照样乐个不休，多些人情味儿罢。虽然向隅而泣者或许无须他人慰藉，他人亦不必勉强使其破涕为笑也。

二〇〇二年二月二十五日

卷一

谈骂人

骂人文章，历来皆有；时下所谓“酷评”，亦属此类。在我看来，这不一定是坏事。我是经历过“大批判”年代的人；这里所说骂人文章，好像也是一种批判，但究竟有所不同。不同之处在于不复是集体针对个人，而是个人针对个人，于被骂者并无多大危险，或许还有好处也未可知。说来不过是批评，只是态度有点异样，言辞有点怪相就是了。如果普通批评算是善意批评的话，骂人文章大概就是恶意批评。然而我们的批评环境，迄今还称不上十分健全，普通批评能否被视为善意，尚且是个问题。对大多数被批评者来说，真正善意的，恐怕是不批评罢。在他们以及相当一部分读者眼中，普通批评或许正是骂人，所以普通批评是否真的存在，更是一个问题。

然而骂人文章与普通批评——即便它只是一种理想状态——到底还有区别。后者尽管未必被承认是善意，前者之为非善意却是确定无疑的了；所谓恶意，也就是这个意思。查《现代汉语词典》，“恶意”即“不良的居心，坏的用意”。不过涉及文章，并不值得大惊小怪。盖此种“居心”与“用意”，实与他人和社会无关，而单单是对被批评者的“不良”与“坏”，——至于是否真能产生这样效果，如前所述，其实尚未确定。从“健全的批评环境”考虑，这殊不合乎与人为善之道，因而未臻此境，但是毕竟真在批评，至少较之不批评，离“健全”可能还要靠近一点儿。不批评就是善意的么，倒也未必。清人赵南星所著《笑赞》有一则云：“一儒生以太行山作代形山，一儒生曰：‘乃泰杭耳。’其人曰：‘我亲到山下，见其碑也。’相争不决，曰：‘我二人赌一东道，某学究识字多，试往问之。’及见学究问之，学究曰：‘是代形也。’输东道者怨之，学究曰：‘你虽输一东道，却教他念一生别字。’”这是不批评的好例子，论其恶意，绝不亚于骂人。作者评说：“学究之存心忍矣哉，使人终身不知太行山。”“忍”也就是“狠”罢。

前已言明，骂人文章，恶意但有动机，结果未必如其所愿；我们读了所能确定的，不在被批评者，倒在批评者一方。文章无拘恶意善意，除了所批评的内容之外，体现的都是批评者的“意”，即如知堂所说：“无论骂人或颂扬人，里边所表现出来的反正都是自己。”（《半农纪念》）“意”之高下，并不简单以善恶区分；即便是恶意，也自有高下。讲句老实话，我素来是爱读骂人文章的，但是并不一概爱读，一定要有意思，写得好。以我之阅读经验，近百年来此中圣手，只有两位，一是鲁迅，一是刘半农。鲁迅的《华盖集》正续编，在他的杂文集中首屈一指，其中骂陈源那些篇章，真是令人不亦快哉。刘半农虽然没有鲁迅写得多，水准却未必在其下，从早期的《奉答王敬轩先生》到最后的《南无阿弥陀佛戴传贤》，都是如此。同为骂人文章，两位风格又有所不同，刘半农是热闹，鲁迅则是深刻。他们都是骂人而骂出境界来了。时过境迁，所骂之事，甚至被骂之人，俱往矣，而文章魅力常在。从前我写文章谈及此事说：“我们不妨仿照‘才华横溢’创造一个‘智慧横溢’的说法，否则很难形容读他们作品时所得快感。他们写作正是与对手斗法，又总技高一筹，文章犹是余事，无比智慧才是本色。两位早早儿下世，骂人文章再也不复精彩了。”这一层，如果拿来和时下“酷评”比较一下，就了然了。

骂人文章，无非也是文章罢了。相比之下，可能更难写一点儿，因为要有特别本事。具体说来，要能骂人，即具识见；会骂人，即有技巧。梁实秋写过《骂人的艺术》，若前述鲁、刘两位，是深娴此道者也。至于梁氏尚是纸上谈兵，至少鲁迅骂他，并未照搬所述诸法，而是别出心裁，其精妙处，恐怕他一生也难以领会。梁文所列“骂人的艺术”凡十条，其二曰“无骂不如己者”，是就效果而言，即骂了不如己者，反替对方扬名；但是鲁迅、刘半农骂人，的确压根儿瞧不上对手，譬如鲁迅就很不拿梁实秋当回事儿。所以前述“恶意”，乃是一种俯视态度；将此种态度形诸言辞，我们知道是恶意。但是得以俯视，要自己真在高处，不是假装出来的。骂人文章，归根结底是批评者对被批评者的文化优势，智慧优势，此外并配合以相应言辞，即上述“能骂人”与“会骂人”也。鲁、刘都是语言大师，后一方面自然不在话下，不过关键还是识见太高，有这个做底子。现在报上所谓“酷评”，我偶尔读到一二，觉得有时被骂者未必不该骂，骂人者却毫无上述优势可言，若论识见，似乎正与被骂者相当，甚至更在其下，有如泼妇骂街，读来只觉好笑。不过我们犯不上再骂他们就是了，且来一学《笑赞》里的老学究罢。

二〇〇一年十月二十九日

谈翻译

翻译之事，我本不配议论，因为我并不会翻译。我只是这方面的一个读者。然而以读者身份讲几句话，似乎倒也无妨。回顾平生所读的书（指小、中、大学课本及学习文件等之外的书），翻译作品要占去大半，不知道别的读书人是否也是这样。我看J.贝尔沙尼等著《法国现代文学史》，专列“外国作品的翻译”一章，觉得很有道理；咱们的文学史家，对此好像尚未注意。其实如果这一方面阙如，二十世纪中国文学史就不完整了。就对中国读者的影响力而言，有的外国作家并不在中国作家之下。当然这里涉及某些问题：文学史是否仅限于创作史，而不包括接受史在内；翻译是否只是由一种文字转为另一种文字，而与创作完全无关。“五四”以后一两代作家对此的看法，与现在多少有所不同。否则很难理解周氏兄弟这样创作上的大家，怎么会用比创作更多的精力去从事翻译。鲁迅最后一年时间，主要用来翻译（而且还是转译）果戈理的《死魂灵》，他肯定认为这么做值得；周作人则在遗嘱中说：“余一生文字无足称道，唯暮年所译希腊对话是五十年来的心愿，识者当自知之。”在我的印象里，冰心作为作家，成就远远不及她的翻译（《吉檀迦利》、《先知》等）。还有穆旦，现在大家都说他的诗写得好，我却更看重他用本名查良铮翻译的《欧根·奥涅金》和《普希金抒情诗选》。只是最近若干年，我们的作家才专司创作，绝少翻译，——少数是不愿干，多半是干不了。

话讲到这里有点儿自相矛盾，仿佛一方面，翻译越来越重要；另一方面，从事翻译的人又越来越不重要了。事实大概正是如此。翻译方面的某些问题，或许正与此有关。作为读者，当然希望出版社能更看重译者，译者也能更看重自己。至于最终目的，无非是想读到更认真，也更合格的翻译作品。“译事三难信达雅”，三者兼得，未免过奢了，退而求其次，起码要信，尽量能达，至于雅则姑且不提。可是这好像也很难实现。不妨举两个例子。前几天在书店见到一套“西洋美术家画廊”，出齐共计百种，均以画家名字为题，略翻一过，书名所标原文拼写错误者至少二十种，如高更作“gaugin”，修拉作“Seutat”，等等。这恐怕谈不上“信”。新近读到一部马克·斯洛宁的《现代俄国文学史》，当然是好书；“出版说明”云，“现据台湾远景出版事业公司中译本修订出版”。可实在看不出“修订”过了，通篇文字佶屈聱牙，作家作品名字多为古怪译法，叫人好生猜测，——其中提到不少书，其实该出版社自己就出过，为什么不核对一下呢。这恐怕谈不上“达”。顺便说一句，近来出版社喜欢采用台湾译本，哲学、传记、小说都有，大概图省事罢，其中有道工序却是不能省的，就是译文与咱们的语言习惯往往相距甚远，亦即“不达”，应该好好修订一番才是，不然读者可受罪了。至于人名译法不合规范，在翻译中只是枝节而已。可是对于文学史这类书来说，问题就不小了，因为读者丧失了标识。皮里尼亚克变成“皮涅克”，左琴科变成“佐盛柯”，就像地图上北京不叫北京，天津不叫天津，叫人如何看法。这如果仅仅出现于台湾译本，倒也情有可原；我们的译者笔下，也经常如此，而且不光不规范，前后有时还不一致。究其原因，不一致或许是粗心，不规范大概是无知罢。

过去二十年里，翻译作品出版很多，作为读者，对此应该表示感谢，虽然其中也有不少问题。而问题并不止上述那些。一本书翻译出版，涉及三个环节，即译者、出版社和读者，也就是说，要有人译，有人出，有人买才行。然而这三方面，似乎迄今尚嫌视野不够开阔，知识不够丰富。结果是有些重要作品没人译，没人出，译了、出了，也没人买。除了那些大家耳熟能详的作家外，其他外国作家之被译介，就要等“由头”了，譬如获了诺贝尔奖之类。这是没有法子的事情，除非读者、出版社和译者能多长些见识，尤其是读者。与此形成对照的，是有的书一出再出。“重译”现在似乎很时髦，这当然不是坏事，译者和出版社或许正追求尽善尽美；但是否也因为有关人士囿于一己见闻，不知道世间尚有许多好书未曾译介过来呢。若不这般揣测，有些现象的确很难解释。何以福楼拜的《包法利夫人》屡见，而他的《布法与白居谢》迄未面世；托马斯·曼的《魔山》重出，而他的《浮士德博士》

不曾出版呢。至于译本采用什么底本，更可以看出译者与出版社的水准了。譬如肖洛霍夫的《静静的顿河》已翻译多次，可谁也没用最具艺术魅力，也最为文学史家所看重的初版本；陀思妥耶夫斯基的《群魔》问题就更大，几个译本所据底本都缺少“斯塔夫罗金的忏悔”那一章。这可不能怪罪读者与市场了罢。

二〇〇一年十月三十一日

〔补记〕这里提到的几本书，福楼拜著《布瓦尔和佩库歇》（即《布法与白居谢》，刘方译）和托马斯·曼著《浮士德博士》（罗炜译）中译本均已出版；陀思妥耶夫斯基著《群魔》后来的两个中译本（分别由臧仲伦和冯昭玙翻译）也都将俄文初版单行本未收录的第二部第九章（臧译题“在吉洪的修道室”，冯译题“接见吉洪”）以附录形式补入了。

二〇一五年二月二十五日

谈改窜

有朋友寄来几张网上讨论周作人译《平家物语》的帖子，作者多为台湾读者。《平家物语》系收入拙编“苦雨斋译丛”出版，所以有些意见是针对我的。这里无须一一作答，但是其中一条颇有意思，值得一说。我在跋中讲到：“将现存周氏译稿与该书相应部分加以对照，发现后者译文多有改动，注释亦太半删略，实际上已与周氏译作无甚关系。”批评者遂问：“为何不讲清楚人民文学版到底改动了什么？如果周有机会校改，他是否会同意这么改动？”有错当改，本无问题；问题却并非如此简单。也许我的确少交代了几句，——岂止几句而已，一九八四年人民文学出版社印行的署名周启明（按即周作人）与人合译的《平家物语》，与周氏原稿几乎处处不同，倘若真“讲清楚”，未免太过辞费。但是不妨略加说明。即以全书开头的“定场诗”为例，周氏译为：

“祇园精舍的钟声，有诸行无常的声响，
沙罗双树的花色，显盛者必衰的道理。
骄奢者不久长，只如春夜的一梦，
强梁者终败亡，恰似风前的尘土。”

一九八四年版则作：

“祇园精舍钟声响，

诉说世事本无常。

沙罗双树花失色，

盛者必衰若沧桑。

骄奢主人不长久，

好似春夜梦一场；

强梁霸道终殄灭，

恰如风前尘土扬。”

二者形式不同，或为改动者与原译者审美趣味有别使然。周氏虽然散文译法，字斟句酌，却很着力，读过其所作旧诗当可知晓，他若有心写成七言八句，恐怕也会高明得多。此外意思上亦不无差异，一时无法查对原著，不能确认孰正孰误，不过改动后第四句之“若沧桑”，第八句之“扬”，显然都是为了趁韵而添加的字。至少末一例似有不妥，周译此处原有注释云：“原本云‘风前之尘’，与普通所云风前之烛有点不同，因为意云容易吹去，犹云轻尘栖弱草，与薤露略相近。”据此可知，实在不关“扬”什么事也。——不过此条注释一九八四年版也给删去了。我想话说至此，已经足以答复那位读者的问题。讲得明确一点，如果周氏有机会校改，他肯定不会同意这么改动。

《平家物语》共十三卷，周氏只译了七卷多，即告中止，保存下来的原稿，又只有六卷。上述改动，或出自续译者之手，即如其在“译本序”中所说是“重新将译文进行了整理”。“苦雨斋译丛”另外五种，最初出版时所有改窜，却系编辑所为。我依照周氏原稿，重新印行这些译著，目的但在保存原貌；但是对比曾被改窜之处，发现很多句子仅仅是汉语表达方式或行文习惯不同，不存在订正翻译错误的问题。也来举个例子。《枕草子》卷一，“三月三日”开头几句，周氏译为：

“三月三日，这一天最好是天色晴朗，又很觉得长闲。桃花这时初开，还有杨柳，都很有意思，自不待言说。又柳芽初生，像是作茧似的，很有趣味。”

一九八八年周译被收入《日本古代随笔选》一书出版，改作：

“三月三日，这一天要是阳光和煦，天色晴朗才有意思。这时桃花初开。更不要说杨柳柔媚。柳芽初生有如作茧似的，很有趣味。”

类似这种改窜，到底目的何在，意义何在，说实话我仍不大明白。但是的确比比皆是。我们对此或许见怪不怪，别处读者恐怕就闻所未闻。譬如前面提到的那位，颇为怀疑我对早出版本态度是否公允。说来这也难怪，他怎么想得到所谓改动，竟是这么一回事呢。

我不知道编辑如此改动译者或作者原稿情况，在中国究竟始于何时。鲁迅出版《准风月谈》、《花边文学》和《且介亭杂文》时，曾特意将被删改处一一标出，但那多系出于政治原因，与我们这里所说乃是两码事。这种非政治性——姑且说是“艺术性”

的罢，尽管不大确当，却也没有别的名目——的改动，我颇疑心系由打苏联首创，好像奥斯特洛夫斯基的《钢铁是怎样炼成的》，就曾为编辑多所润色。后来我们也学得此一方法，最初可能适用于类似奥氏那路作者，大多文化水平不高，却有志向或被安排从事文学创作，只好有劳编辑出力，或者另邀作家加工。记得先父讲过，有位少数民族作者，扛来整整一麻袋稿子，让他帮忙整理，因顾虑工程太巨，不得不婉言谢绝。过去无书可读的时候，这种书我读过不少，印象颇深。这本是一时历史现象，然而或许习惯成自然，不管是否需要，都来改动一番，所以才有前述改窜周氏译文之事发生罢。旧事重提，有失宽容，然而并无责怪之意，大家明白就中缘由就是了。至于译者或作者的劳动乃至风格，是否应该得到尊重，这种道理人人自明，更是毋须多讲。说来此番编订出版“苦雨斋译丛”，也是为的有所补救，好在原稿仍在，补救尚有可能。我在总序中说，真要谈论周氏的译文特色，大约只能是以这回的本子作为凭据，倒也不算夸口。

从前报上讨论过编辑是否应该修改作者文稿，似乎赞成与反对者各有其人。这问题说来也很简单。有错当改与尊重风格并不矛盾，如果只限于纠正错字的话；超出这个界限，不如退稿了事。前述那种边学文化边写作者，如今可能已经不多；即便还有，也无甚必要特别培养照顾。问题在于积习难改，编辑改稿，已成思维定式；而且不作删改，可能要被认为工作不力。顺便说一句，我最初给报纸写文章的时候，有位编辑乃是熟人，所遇情况便是这样，结果改也不是，不改也不是。我就想出一个法子，在原稿上特地多写一些废话，又复删去，编辑以此送审，于是两方面皆大欢喜。

二〇〇二年一月二十五日

谈道听途说

“子曰：‘道听而涂说，德之弃也。’”（《论语·阳货》）细细玩味，颇有意思。听之于道，说之于途，其间正缺少一番回家考究的功夫，往往不能坐实，以讹传讹。我自己在这方面一向胆小，总觉得世间自有明眼人，看得出一应破绽，所以圣人之教不敢不从。说来多听无妨，少说为佳，听了也不尽信，总要设法查证一下。现在常听人谈起“必读书”，还费神给开列了书目，对此我颇不以为然，我想哪有什么书非读不可，除了字典词典之外。赶上什么东西不能确定，翻翻字典词典，并不花费许多时间，但总归要保险一点儿罢。举个例子，最近我在杂志上读到董桥的一篇《意识形态的老香客》，其中述广西大学校长马君武作“赵四风流朱五狂”一诗之后事云：“朱五小姐的女儿是六十年代香港国语片才女秦羽，常常奉母去台湾。朱五小姐那时快八十了，有一回在宴会上有人告诉她说马君武也来了。她端了酒杯走过去对马先生说：‘你是马博士马君武不是？’对方说：‘是的，我就是马君武。’老太太接着说：‘我就是朱五。’马君武讪讪而去，不等终席先走了。”我不免心生疑惑，找出《辞海》一查，

“马君武”条下果然说他死于一九三九年，那么肯定不能活到朱五“快八十了”，——好像就连朱五也未曾活到这岁数，不过一时无从核对，不敢断言。不管怎么说，该文所述不确，轻信不得。如此可见看字典词典的好处，算得上是经验之谈。我举这个例子，并非为了炫耀自家多有学问，学问实在是压根儿没有；正因为如此，才想到孔子那句话，才有查《辞海》的笨办法也。

道听途说，恐怕还得归咎于知识不足。前不久有杂志叫我写两句话，我写的是：“知识是学问的基础，逻辑是思维的根本。”后一句是另一码事，有暇当专门作文论之；前一句便是这里讲的意思。现在是信息时代，到处都是传闻；然而并非听到传闻就长了知识。知识非得坐实了，才能算是知识。人有知识，首先就在分清知识与传闻的区别。前人有“常识略具”一说，不光是基本知识足够使用，还有一套鉴别虚实的本事，这才当得起这句话。苟能如此，则何者当听，何者当说，一概不成问题。当然这也很不容易，所以勤查《辞海》之类就是难免的了。“道听”也就是得之传闻。《战国策》载“三人成虎”，说来也是这码事儿：竟然谁也不肯到街上亲眼看一下到底有老虎没有，否则那三个人不会乱说一气，国王也不致盲目相信。讲到这儿，想起胡适的“大胆的假设，小心的求证”，后人盯住其中“大胆”二字，说三道四；其实关键在于得到求证之前，一切只是假设，不是定论。这当然比我们说的要复杂得多，可是辨明虚实，总归是最起码的一步罢。

以上所说，还只涉及道听途说的前半截儿，“道听”而不辨虚实，已经不妥；如果还要“途说”，那真是误人子弟了。孔子责以“德之弃也”，并不在乎所听所说之毫无价值，全替受众着想，圣人慈悲为怀，于此可见一斑。我们写文章的人，似乎也当慎重从事。三人成虎，对于信以为真的国王来说，说话的三个人都有责任。“途说”又分两种，限于“道听”内容，无非误传而已；如果据此立论，难免贻害无穷。前面提到董桥之作，或为一时误记，也还只是当作轶闻说说；然而我们确实看见有的文章，以不切实的传闻作为依据，进而由此评价事件，臧否人物，——道听途说尚被孔子看得那么严重，现在则更进一步了，不知他老人家夫复何言。

“道听”的对象不仅仅是别人，可能还包括自己在内。说来得之印象，或得之揣测，与得之传闻并无多大差别。不过后者轻信于人，前者轻信于己就是了。印象不能证实，揣测没有根据，只是印象与揣测而已，据此发言，等于道听途说。明人张岱写过《夜航船序》，其中有云：“昔有一僧人，与一士子同宿夜航船。士子高谈阔论，僧畏慑，拳足而寝。僧人听其语有破绽，乃曰：‘请问相公，澹台灭明是一个人，两个人？’士子曰：‘是两个人。’僧曰：‘这等，尧舜是一个人，两个人？’士子曰：‘自然是一个人。’僧乃笑曰：‘这等说起来，且待小僧伸伸脚。’”这是大家熟知的故事，所以不惮花费笔墨抄录，只因其中揭示了道听途说者的思路，值得特别注意：那士子张口就说“自然”，这两个字却是轻易说不得的。“想必如此”，“理所当然”，其实都是害人不浅的念头，着了这个道儿，难免不为夜航船里的僧人所笑了。

〔附记〕此文写就，适有友人来访，读罢云不妥，因为我提倡查字典词典，然而现在这也多有胡乱编纂的，倘若以此为凭，岂不上当。此言不差，文章却一时无从改起。转念一想，“道听而涂说，德之弃也”未必不适用于查字典词典，反正咱们留神一点就是了。

二〇〇一年十一月五日

谈伯乐相马

二十多年前我还在读高中，赶上高考恢复；一时最流行的，莫过于韩愈《杂说四》里“世有伯乐，然后有千里马；千里马常有，而伯乐不常有”几句话了。记得每门课上，老师都要讲解一番。大家当然很受鼓励，至少也是安慰；一下子都觉得自己是千里马了，只恨还没遇见伯乐。不知过了多久，这点心思才消歇了。不过韩文公的话总还记得，以至成了思维定式，——比如这回我打算以马为题写篇文章，一提到马，就想起伯乐来了。

《吕氏春秋·观表》曾谈及十位良工，各有相马之法，分别从口齿、面颊、胸胁、股脚等处着眼；而伯乐不在其列。有人讲脱失一句：“若赵之王良，秦之伯乐、九方堙，尤尽其妙矣。”那么乃居十位之上。高手的观察方法，又有什么不同呢。据《淮南子·道应训》，九方堙经伯乐推荐给秦穆公，虽然发现了千里马，却将牝看成牡，骊看成黄了；对此伯乐解释说：“若堙之所观者，天机也，得其精而忘其粗，在内而忘其外，见其所见而不见其所不见，视其所视而遗其所不视，若彼之所相者，乃有贵乎马者。”可见还是由某一点入手，无非更其透彻，更得要领而已。

这未必不也是伯乐的夫子自道，所谓“尤尽其妙”，盖即此也。

伯乐相马故事，典籍多有记述，最出名的，莫过于《战国策·楚策四》所载：

“夫骥之齿至矣，服盐车而上太行。蹄申膝折，尾湛胕溃，漉汁洒地，白汗交流，中阪迁延，负辕不能上。伯乐遭之，下车攀而哭之，解纻衣以幂之。骥于是俛而喷，仰而鸣，声达于天，若出金石声者，何也，彼见伯乐之知己也。”

若非伯乐知遇，虽贵为千里之马，也只好去干拉盐车的粗活儿了，——此所以屈原《九章·怀沙》要说：“伯乐既没，骥焉程兮。”千里马与伯乐的关系，也就别具象征意义；世人委屈，于此自可有所认同。赶到贾谊作《吊屈原赋》，直接拿这话来比喻屈子了：“骥垂两耳，服盐车兮。”倒很恰当。至于韩愈“世有伯乐”云云，无非套用《怀沙》意思罢了。而千载之下，咱们依旧有同样感慨也。

书上讲到伯乐，或谓秦穆公之臣，或谓赵简子之臣，故《辞海》云有两伯乐。然而先秦文章所述人物行事，往往冒名顶替，好比《庄子》里的老子、孔子，乃至庄子自己，多半不能当真。伯乐也不例外，我们不妨笼统一说算了。不过此公别处给我的印象，说来都不大好。如《韩非子·说林下》云：

“伯乐教其所憎者相千里之马，教其所爱者相驽马。千里之马时一，其利缓；驽马日售，其利急。”

又如《战国策·燕策二》云：

“人有卖骏马者，比三旦立市，人莫之知。往见伯乐曰：‘臣有骏马，欲卖之，比三旦立于市，人莫与言，愿子还而视之，去而顾之，臣请献一朝之费。’伯乐乃还而视之，去而顾之，一旦而马价十倍。”

伯乐相马技艺，自是天下无比；可是待人处世，显然不如对马那般纯粹，多少有些私心杂念；也许聪明过头，精力旺盛，抑或为名声所累。《韩非子·显学》说：“发齿吻，〔相〕形容，伯乐不能以必马。”——那么他也有看走眼的时候，别是聪明反被聪明误了罢。

伯乐相马，以及其中我们的寄托，有一个前提，即马愿意竭尽其材，为人所用。回到前述太行山事，怎么那马偏偏就遇上伯乐了。岂不知按照这一思路，千里马当逢伯乐，伯乐当逢千里马，如此则皆大欢喜，不然就各自抱恨。如果这前提不存在，那可是另外一回事了。《庄子·马蹄》有云：

“马，蹄可以践霜雪，毛可以御风寒，龁草饮水，翘足而陆，此马之真性也。虽有义台、路寝，无所用之。及至伯乐，曰：‘我善治马。’烧之，剔之，刻之，雒之，连之以羁馽，编之以皂栈，马之死者十二三矣；饥之，渴之，驰之，骤之，整之，齐之，前有橛饰之患，而后有鞭筴之威，而马之死者已过半矣。”

据此说来，伯乐虽为世之良工，却是马的祸害；千里马一旦被他相中，下场未必比拉盐车强到哪儿去。此文又云：

“夫马，陆居则食草饮水，喜则交颈相靡，怒则分背相踶。

马知已此矣。夫加之以衡扼，齐之以月题，而马知介倪、闉扼、鸷曼、诡衔、窃辔。故马之知而态至盗者，伯乐之罪也。”

敢情马那点儿本性，都让伯乐调理没了；所以“千里马常有，伯乐不常有”，顶好不过，千里马最怕遇见伯乐。关键是这匹马压根儿不希望被人赏识，它喜欢自由自在，无拘无束。至于能否驰骋千里，其实也无所谓，这本来就是人所强加的价值观念，马才不管那一套呢，它爱跑多远就跑多远。

二〇〇一年十二月八日

谈邻女窥墙

从前我读《聊斋》，很喜欢《红玉》一则，其中有番描写，颇为传神：

“一夜，相如坐月下，忽见东邻女自墙上来窥。视之，美。近之，微笑。招以手，不来亦不去。固请之，乃梯而过，遂共寝处。问其姓名，曰：‘妾邻女红玉也。’”

清代笔记小说，《聊斋》本属繁笔一路，此处繁中求简，却恰到好处，寥寥几笔，美人活灵活现。然而一日我忽然觉得，怎么所写那么眼熟。好像还有哪位也遇见过隔壁女子，而且也是东邻，也曾窥墙。想起来了，乃是宋玉。其《登徒子好色赋》有云：

“天下之佳人莫若楚国，楚国之丽者莫若臣里，臣里之美者莫若臣东家之子。东家之子，增之一分则太长，减之一分则太短，著粉则太白，施朱则太赤。眉如翠羽，肌如白雪，腰如束素，齿如含贝。嫣然一笑，惑阳城，迷下蔡。然此女登墙窥臣三年，至今未许也。”

原来蒲松龄所写虽为小说，却是用了典故。典故不过一个字面，内里实有特定含意。当初我很佩服蒲公笔法，不想乃被他引到《登徒子好色赋》的语境之中，盖此处冯相如所逢者，正是宋玉早已遇见过的那一位也。前人已极尽描绘，故毋须多费笔墨，说“视之，美”，便是“增之一分则太长，减之一分则太短，著粉则太白，施朱则太赤。眉如翠羽，肌如白雪，腰如束素，齿如含贝”；说“近之，微笑”，便是“嫣然一笑，惑阳城，迷下蔡”。不过当年邻女窥墙，久久不得回应，未免令天下读者扫兴；聊斋特来成全他们这桩好事罢了。

然而事情并非如此简单。《红玉》男主人公名曰“相如”，似乎不是随便起的，好像也有来历，也是用典，——司马相如写过一篇《美人赋》，所述经历与宋玉几乎一模一样：

“臣之东邻，有一女子，云发丰艳，蛾眉皓齿，颜盛色茂，景曜光起。恒翘翘而西顾，欲留臣而共止。登垣而望臣，三年于兹矣，臣弃而不许。”

天下大概没有这么凑巧的事罢。一般认为《美人赋》系模仿《登徒子好色赋》而作，所以昔人东邻有美，他家东邻也有；彼女窥墙三年，此女也窥墙三年，只是一样空自期待而已。或谓司马相如文章有后来居上之概，但是单看这几句，还是觉得宋玉所写生动，简直呼之欲出，所以由《红玉》一下子就连想到《登徒子好色赋》了。

“邻女窥墙”本是熟典，古人写诗作词，使用很多，如李白《白纻辞三首》之一：“扬清波，发皓齿，北方佳人东邻子。”《效古二首》之二：“自古有秀色，西施与东邻。”罗隐《桃花》：

“数枝艳拂文君酒，半里红欹宋玉墙。”《粉》：“郎若姓何应解傅，女能窥宋不劳施。”杨亿《宋玉》：“三年送目愁邻媛，七泽迷魂怨楚辞。”苏轼《台头寺送宋希元》：“三年不顾东邻女，二顷方求负郭田。”贺铸《群玉轩》：“□□□复旧东邻，风月夜，怜取眼前人。”《花心动》：“醉眼渐迷，花拂墙低，误认宋邻偷顾。”《清平乐》之二：“宋邻东畔，明月关深院。”等等。看来多半还是用的宋玉典故。蒲松龄写《红玉》，用典本不足奇，但是颇为巧妙，特别值得一提。至于出处究竟何在，一时不敢断言，或许他将《登徒子好色赋》与《美人赋》一并用之罢。

既然历来用此典故，多据《登徒子好色赋》，司马相如又是模仿之作，那么宋玉这一档子事儿，该是可以当真了罢，也不尽然。首先，这篇文章是否真的出自宋玉之手，历来认为颇是可疑；再者，在他之前还有一位谈到东家邻女的，见《孟子·告子下》：

“逾东家墙而搂其处子则得妻，不搂则不得妻，则将搂之乎？”

所以大概《登徒子好色赋》作者也是用典，不过孟子只说“处子”，未提相貌如何；被他好生渲染，成了绝代佳人。从《孟子》到这两篇赋，意思已经明显不同，原先男子着实无礼，后来女子未免痴心，及至蒲松龄笔下，才是两情相悦，天作之合。东边墙头一段际遇，历经如此演变，亦自有趣得很。

不过孟子这话到底讲得奇怪，就算举个例子，干吗不说翻别的一面墙，非得“逾东家墙”不可呢。其实我的兴趣正在这里，很想搞清楚到底谁家东邻，实实在在住过一位美人。前些时读金国永《司马相如集校注》，《美人赋》一篇注释有云：“东邻，古时房屋一般皆坐北朝南，故邻居皆在东西向，而东方之日为朝阳，东来之风为春风，故古籍言及爱慕之邻居美女，多称东邻或东家。”拿这说法去看《孟子》，好像他老人家也是在虚拟故事了，真真大煞风景。

二〇〇一年十二月十六日

谈尾生抱柱

有一次朋友请我吃饭，席间提议将历代感人的故事编一本书。我说故事倒有不少，不过感动过我的，未必能感动现在的人了，譬如尾生抱柱，——话音刚落，在座的一个女孩儿抢着说，那是一个傻瓜。我说你看对不对，话题遂告一段落。过后回想起来颇觉好玩，不妨一谈。这个典故，出自《庄子·盗跖》：

“尾生与女子期于梁下，女子不来，水至不去，抱梁柱而死。”

后来凡提及此事，引用的都是这段话。然而原文中，本是盗跖讲给孔子听的，是举的一个反面例子。那里把尾生与伯夷、叔齐、鲍焦、申徒狄和介子推说在一起，总评之曰：“此六子者，无异于磔犬流豕、操瓢而乞者，皆离名轻死，不念本养寿命者也。”《盗跖》是后人伪作，其主旨为：“不能说其志意，养其寿命者，皆非通道者也。”所“通”之“道”，在于享乐活命，以此来看尾生，当然不以为然。这个意思，倒是颇接近于现在看法，此所以我觉得好玩者也，——这么说法，当然不是笑话什么人了。相比之下，历来谈及尾生抱柱，无不忽略当初语境，反而有点儿差池了。

尾生又作微生，据说是鲁人，他的事迹，说来无非抱柱而死一桩。后来“尾生之信”的成语，是对此举的一种概括。这自然是好话，不过当初盗跖骂他猪狗乞儿，直到最终成了正面形象，其间还有一个衍变过程。《盗跖》另外一节云：“尾生溺死，信之患也。”大概是最早把尾生与“信”联系在一起的了，然而也是否定意思。盖在作者看来，忠信廉义皆为最要不得的价值观念，活活儿把尾生给害死了。

《战国策》里，苏秦对燕易王，苏代对燕昭王，分别讲到尾生，却是提出差不多同样的问题：一个人若“信如尾生”，国王是否以为足够可用。答曰当然。这大概代表社会上对于尾生的一般意见，恰与《盗跖》作者大相径庭，——多半起先大家便是这么看的，他故意唱反调儿罢了。然而值得注意的是苏氏兄弟的看法，都说不对。苏秦说：“信至如此，何肯扬燕、秦之威于齐而取大功乎哉，且夫信行者，所以自为也，非所以为人也。”苏代说：“信如尾生高，则不过不欺人耳。……今臣为进取者也。”战国纵横家是要主动进取，建功立业的，在他们眼中，尾生也好，信也好，所解决的不过一己的道德问题，当然不够积极，所以不被首肯。

《汉书》有《古今人表》一篇，分列三六九等，评骘上古以来人物。尾生只列为“中中”，与后人评价颇有出入。小引有云：“可与为善，可与为恶，是谓中人。”也许当时对尾生看法，仅仅注重行为方式，并未赋予价值取向；以后才把取向给明确了。这正是“信如尾生”与“尾生之信”的区别，——讲“信如尾生”，只是说他为等一个女人守信至死；讲“尾生之信”，则守信本身就是道德高尚的体现，而与他等的是谁，为何而等了无干系。也就是说，尾生已经被抽象化了，符号化了。其实这种认识，与《庄子·盗跖》所说“尾生溺死，信之患也”略有接近之处，只是结论恰恰相反。

不过文人写诗，倒还时而记起尾生抱柱的本事。譬如《玉台新咏·古诗八首》之八：“安得抱柱信，皎日以为期。”李白《长干行二首》之一：“常存抱柱信，岂上望夫台。”有趣的是，两首诗都是模仿女性口气写的，讲弃妇渴望遇见守信如尾生的男人。然而这个语境对尾生来说根本就不存在，因为当初被遗弃的乃是尾生，他倒是守信了，可苦苦等待的女子为什么不来呢。刘筠《又赠一绝》才是站在他的立场讲话，诗句有云：“风波若未乖前约，一死何曾更抱桥。”语气又太过轻佻，一看就知道说着玩的，还是不曾体会尾生之苦衷也。

话说至此，可以一讲尾生抱柱何以曾经感动我了。或许只有在时间向度里，才能真正理解这件事情。为一段已经开始、不断延续而且渐渐成为虚无的时间所裹挟，尾生无所适从。与其说他无法面对未来，不如说无法面对过去。在尾生的等待之中，被等待的女人身份也许已经改变——由情人变成一个可以证明他曾经等待过的人。而这个证明人久久不来。这时河水上涨，可能反而帮了他的忙：起先他当然不曾抱定必死念头而来，现在死却未必不是一种结局，因为他最终也只是要个结局而已。苏秦说：“且夫信行者，所以自为也，非所以为人也。”不妨理解为事已至此，尾生必须完成一种自我关照，而我们称之曰信。对尾生来说，信是结果，不是动机；在桥下的他孤独无告，信成了惟一可以依靠的东西了。

二〇〇一年十二月十九日

谈齐后破环

惠子为先秦名家代表人物。《庄子·天下》云："惠施多方，其书五车。"可惜后来均已失传，只留下《天下》所录十事，有如吉光片羽。但是语焉不详，不易理解。譬如第八事为"连环可解也"，——连环这玩意儿我是见过的，自玉到金属的不等，天生打就彼此套在一起，无法分开；他怎么断言"可解"呢。直到后来读冯友兰《中国哲学简史》，其中有云："连环是不可解的，但是当它毁坏的时候，自然就解了。"我才恍然大悟，敢情这么容易。

解连环的答案即是如此，然而说来并非冯氏发明。《战国策·齐策六》云：

"秦始皇（按此处原文有误，当从鲍彪本作"昭王"）尝使使者遗君王后玉连环，曰：'齐多知，而解此环不？'君王后以示群臣，群臣不知解。君王后引椎椎破之，谢秦使曰：'谨以解矣。'"

秦王是否听说过惠子命题，我们不得而知；不过这事儿未免也太巧了。"连环可解也"等，乃是当年惠子提出来与人辩论的题目，按《天下》的说法，“惠施以此为大，观于天下而晓辩者，天下之辩者相与乐之。”可见影响不小。《天下》只记录若干题目，也许根本没有答案，大家在那儿辩来辩去而已。有人以此讨巧，说来不无可能；别说齐国群臣，就连秦王自己，也未必知道正解。只是齐国的君王后智慧超人，没让他占了便宜。君王后为齐襄王后，齐王建母，《史记·田敬仲完世家》云：“君王后贤，事秦谨，与诸侯信，……以故王建立四十余年不受兵。”所谓“谨”，也就是尽量不予秦国以出兵口实；从这一点来说，巧妙解决解连环的问题，可能正是非同小可。此外读《战国策》即可体会，那是一个异常重视智巧与机敏的年代，头脑灵活，口才出众，足以抵得百万大军。

《天下》作者批评惠子“其于物也何庸”，是说他的学问没有实际用处，然而此处秦齐君主一问一答，涉及国际关系之具体得失，其为《天下》作者乃至惠子本人所未曾想到乎。从现存有关惠子思想的零星记载来看，“其于物也何庸”，其实未必不是他的追求所在，因为所关心的乃是更为根本的问题。《天下》所载惠子其他命题，譬如“天与地卑，山与泽平”，“日方中方睨，物方生方死”，“南方无穷而有穷，今日适越而昔来”等，与“连环可解也”意思相近，都是对人类思维方式的考验。即以“连环可解也”而论，“解”本来是无限的，绝对的，也就是说，并无任何前提存在；然而我们往往上来先给自己设定一个“要在保持连环完整性的条件之下去解开它”的前提，当然也就找不到解法了。所以在《战国策》的故事里，齐国虽然“多知”，却是一筹莫展，盖大家脑子里尚且有个框框未曾打破，正是被连环给约束住了。一言以蔽之，不应局限于某一秩序（语境或情境），而是超越其上去考虑问题。

附带说一句，庄子与惠子素为契友，庄子哲学的神髓，其实也在这里，而且他比惠子还要彻底得多。《庄子》所载二人辩论，惠子每每尚且不能摆脱常规思维方式，不免讲些傻话，譬如《逍遥游》中说瓠与樗“大而无用”，《秋水》中说“子非鱼，安知鱼之乐”等，正如庄子所批评的是“夫子犹有蓬之心也夫”。而庄子反问他“今子有五石之瓠，何不虑以为大樽而浮乎江湖，而忧其瓠落无所容”、“今子有大树，患其无用，何不树之于无何有之乡，广莫之野，彷徨乎无为其侧，逍遥乎寝卧其下”和“子非我，安知我不知鱼之乐”，才真正是无所约束，自由自在，这也正是庄子的理想境界所在。思想自由的关键在于思维方式的自由；在一种既定的方式之中思想，思想也就谈不上真正自由。说来惠子提出这样一个方向，自己无法企及，却被庄子给实现了。

天下事无独有偶。前些时我读理查德·斯通曼写的一本小书《亚历山大大帝》，发现这位大帝曾经面临一个与惠子“连环可解也”极其相似的问题，而他的解决方法与君王后竟如出一辙：

“在传说中的福瑞吉亚王国的高地亚斯王宫里，有一辆从头到尾都被山茱萸绳结捆住的战车，但却找不到绳结的头在什么地方。有一个古老的传说，也许是为这个场合发明的，说什么人能够解开这个结，就可以成为全亚洲之王。亚历山大想了一下，就以他惯有的冲动来撇开小困难，他用剑斩断了这个结。”

这真应了俗语说的“不破不立”，——其实所指正是自由的思维方式对于禁锢的思维方式的无限超越。类似例子古今中外还有不少，譬如“哥伦布竖鸡蛋”即为其一，要说聪明人与傻瓜有个区别是在这里，大概亦不为过罢。

二〇〇二年一月十四日

谈歧路亡羊

歧路亡羊故事，载于《列子·说符》：

“杨子之邻人亡羊，既率其党，又请杨子之竖追之。杨子曰：‘嘻，亡一羊何追者之众？’邻人曰：‘多歧路。’既反，问：‘获羊乎？’曰：‘亡之矣。’曰：‘奚亡之？’曰：‘歧路之中又有歧焉，吾不知所之，所以反也。’杨子戚然变容，不言者移时，不笑者竟日。门人怪之，请曰：‘羊，贱畜；又非夫子之有，而损言笑者，何哉？’杨子不答。”

说来我关心的也不是丢失的那只羊，而是杨子为何如此反应。的确这压根儿不关他的事儿；况且此老素来倡导“为我”，表现未免奇怪。敢许是触及了心中某一痛处不成。而这又非寻常人所能理解，是以杨子不愿说与门人听也。不过类似举止，我们在别处早已遇到过一回，见《淮南子·说林训》：

“杨子见逵路而哭之，为其可以南可以北。”

汪继培为《列子》作序，指出该书系“后人依采诸子而稍附益之”而成，此歧路亡羊一节，或许即为一例。大约当初杨子只是独自有所感触；伪造《列子》者给添加上一只羊，还有邻居、童仆、门生等，敷衍出一个故事。虽然单看杨子态度，尚不失其本来意思。附带说一句，《吕氏春秋·疑似》把歧路之哭归诸墨子，乃是张冠李戴，且不去管他。

杨子即杨朱，在我们的印象中，该是旷达之辈，何以如此多愁善感呢。然而如若细加推究，其间并无矛盾之处；而且“为我”的更深含义，也许就体现在歧路这一哭里。杨朱无书，他的思想，别家著述中零星有些记载。《孟子·尽心上》有云：“杨子取为我，拔一毛而利天下，不为也。”《淮南子·氾论训》有云：“全性保真，不以物累形，杨子之所立也。”此外《吕氏春秋·不二》说：“阳生贵己。”阳生即杨朱；《韩非子·显学》说：“今有人于此，义不入危城，不处军旅，不以天下大利易其胫一毛，……”据冯友兰讲，指的也是杨朱一派。总括这些话的意思，可以看出“为我”实际上是一种与社会价值取向截然对立的价值取向。在这一点上杨子的确达到极致，然而“我”仅仅存在于此种对立之中；一旦脱离这一关系，“我”也就不存在了。他其实并未赋予“我”以更多意义。

回到“歧路亡羊”或“哭歧路”，此时人所面临的问题，在于不知道应该如何选择，——前引《列子》中，邻人所说“吾不知所之”，也可借以形容杨子的一番感受。那么假如根本不存在作出选择的可能性，杨子大概也就无所烦恼。走在直直溜溜一条大道上，也许他会觉得非常旷达自在。所以实际上是拒绝有所选择，抑或根本放弃选择。杨子“为我”之“我”，便是在这样一个前提下的“我”。

我不知道有没有人把杨朱比作西方的个人主义者，将“为我”混同于西方的个人主义，要是这样，那可看走了眼了。个人主义者强调一己的主体意识，而这意识只有在这个人真正作出选择时才得以体现：个人主义者之为个人主义者，在于能够独立自主地选择这个而不选择那个。兴许真正的个人主义者最希望遇见的就是“可以南可以北”的歧路，如果“歧路之中又有歧焉”那就更好了，可以由着自己决定取舍。——他们非但不会哭，反倒要高兴地笑起来呢。个人主义张扬自我；杨朱之哭，则是泯灭自我。对个人主义者来说，“我”是一切的前提，而不再隶属于别的任何前提。

从这个意义上讲，杨朱所以有此一哭，大概是缺乏一种哲学或主义的支持；然而未始不是揭示了人生的真正困境。“我”从社会中分离出来，却不知道该怎么办好了。置身歧路的杨朱，是个茫然四顾、孤立无援的人。拒绝选择也许是因为无可选择，强调这个可能要比强调选择更其深刻，也更其实在。说句不好听的话，我总觉得个人主义未免轻浮张狂。若是标举一个志愿倒也无可厚非，涉及具体人生则没有那么容易。历代有关“杨朱泪”、“杨朱泣”等吟咏甚多，大概诗人们也是感同身受罢。

《韩非子·说林下》尚记有一事，与此处所谈亦不无关系：

“杨朱之弟杨布衣素衣而出，天雨，解素衣，衣缁衣而反。其狗不知而吠之，杨布怒，将击之。杨朱曰：‘子毋击也，子亦犹是。曩者使女狗白而往，黑而来，子岂能毋怪哉。”

人无所适应于世界的各种变化，其境况正与前述之无可选择相同。杨子有心替狗着想一番，可见感慨之深了。

二〇〇二年一月十七日

谈楚弓楚得

李清照《〈金石录〉后序》记述生逢乱离，收藏尽失，最是伤心之作。篇末数语，尤为辛酸：

“有有必有无，有聚必有散，乃理之常。人亡弓，人得之，又胡足道。”

此“人亡弓，人得之”若出自旁人之口，也还道得；如今身处“亡弓”一方，却来自我安慰，岂非太过无奈。我读此文垂二十载，一直难以忘怀。今日又复想起，却觉得大概也只好如此。作者孤苦一身，无人慰藉，这种话自家不说与自家听，更有谁肯来说。不管怎么样，总比出诸“得之”者口中要好得多了，——那样才让天底下倒霉的人觉得没有活路呢。

这个典故出处不一，大同小异。其一为《公孙龙子·迹府》：

“楚王张繁弱之弓，载忘归之矢，以射蛟兕于云梦之圃，而丧其弓。左右请求之。王曰：‘止，楚人遗弓，楚人得之，又何求乎？’仲尼闻之曰：‘楚王仁义而未遂也。亦曰人亡弓，人得之而已，何必楚？’”

其一为《说苑·至公》：

“楚共王出猎，而遗其弓。左右请求之。共王曰：‘止，楚人遗弓，楚人得之，又何求焉？’仲尼闻之曰：‘惜乎其不大，亦曰人遗弓，人得之而已，何必楚也。’仲尼所谓大公也。”

此事究竟归在哪位楚王名下倒无所谓，有意思的是左右、楚王和孔子看法各不相同。弓虽非左右所有，彼辈毕竟是替主人着想，“请求之”乃在强调我的就是我的，标举的是“我”的立场。楚王如此讲话，自有一个前提，即身为一国之主，凡“楚人”皆为其所属，所谓“跑了和尚跑不了庙”，与左右未必真有什么区别，——要是左右像他这么想法，倒说得上超越自我了。如若忽略此点不计，此一立场则是从“我”扩大到了“我们”。找不找那张弓原本不关孔子的事，所以多少有讲风凉话之嫌，单就这句话而论，把“我们”进一步扩大到了整个人类，正是其历来倡导的“仁”的实质所在。因此他批评说“楚王仁义而未遂也”；而从根本上讲，“未遂”之处正在于“惜乎其不大”，能够用一副“大”的眼光来看待“人”，也就是“仁”。如果说左右和楚王还立足于现实的话，孔子讲的就是一个哲学问题。难怪他立场如此超脱了。

前引《公孙龙子·迹府》的话，原本是公孙龙对孔子后裔孔穿所说，旨在宣扬他的“白马非马”之论。接下去讲：

“若此，仲尼异楚人于所谓人。”

名家最会玩弄概念了，既然孔子于“楚人”之外另提出一个“人”来，那么不啻说“楚人非人”，于是也就等于“白马非马”，结果弄得孔穿“无以应焉”。公孙龙讲的是不讲理的理，自然歪曲了孔子本意。这是一段插曲，算是叫他钻了一个空子。

回到楚弓楚得，楚王嫌左右立场局限，孔子又嫌楚王立场局限，而这故事还没有讲完。另外一个版本见《吕氏春秋·贵公》：

“荆人有遗弓者，而不肯索，曰：‘荆人遗之，荆人得之，又何索焉？’孔子闻之曰：‘去其荆而可矣。’老聃闻之曰：‘去其人而可矣。’故老聃则至公矣。”

这里又把老子牵扯在内，更可见不能坐实，只是寓言罢了。按照老聃看法，孔子立场仍然不无局限，因为孔子之“人”，犹如左右之“我”，楚王之“楚人”，都是画地为牢，无非所画大小有别罢了。要是将人这个限制彻底破除了，才算得上真正的“大”。《说苑》尊孔子为“大公”；《吕氏春秋》所谓“至公”，似乎犹胜此一筹也。细细体味老子之言，真要是去了“人”，“遗之”、“得之”的主体即不存在，那么也就无所谓“遗之”、“得之”，压根儿什么都没有发生，那张弓还是那张弓，放在哪儿没有两样，左右、楚王和孔子无非庸人自扰而已。这大概正是老子的意思罢。

这故事里，左右是个人视点，所以你我有别；楚王是群体视点，所以人群有别；孔子是人类视点，所以人物有别；老子是自然视点，所以物我同一。这让我好生喜欢，寥寥数十字，揭示了中国哲学的基本问题，至少是儒道两家的主要区别。附带说一句，讲到老聃，与《老子》那部书关联并不大，这里只因为他说了一句话，姑且作为道家代表而已。儒家所关注的一切，均限于人世之内，所谓“仁者爱人”，所谓“克己复礼”，都是在人世这一前提下，探讨一己与他人的关系，最终希望实现人类大同，而问题是人在这方向上碍于一己利益，往往止步不前；道家则超越此一范围之外，以万物皆为一有，人亦不能例外，觉得恰恰人世的种种轨范，把这世界给搞混乱了。从这个意义上讲，前者理想，正在于“去其荆”；后者理想，正在于“去其人”；其一以人类的眼光看世界，其一以非人的眼光看世界。

二〇〇二年二月三日

谈竹林七贤

竹林七贤，人所共知。不过《世说新语》中，别人亦不无类似举止，可谓一时风气使然，何以他们几位这么出名。这里嵇康、阮籍，固为一世英才；向秀、刘伶、阮咸，也各有所长；可是山涛、王戎，若不名列七贤，恐怕于今未必有人还会提及。另有吕安，与嵇康、向秀气味相投，只因未曾加入竹林团体，后来名声就差了许多。我想关键在于这是一伙儿，所以惹人注目，以至成了时代代表了。

说来此一团体，形成原本有个过程。《世说新语·任诞》云："陈留阮籍、谯国嵇康、河内山涛三人年皆相比，康年少亚之。预此契者，沛国刘伶、陈留阮咸、河内向秀、琅邪王戎。七人常集于竹林之下，肆意酣畅，故世谓'竹林七贤'。"据此可知，最早系由阮、嵇、山三位发起。《贤媛》云："山公与嵇、阮一面，契若金兰。"斯时尚无他人加入。而山涛、嵇康交友，更在其先，见《晋书·山涛传》："与嵇康、吕安善，后遇阮籍，便为竹林之交，著忘言之契。"三人之中，嵇康小山涛十八岁，小阮籍十四岁。《阮籍传》载阮籍丧母，嵇康"赍酒挟琴造焉"，阮籍能为青白眼，乃以青眼对之，表示中意。这未必是阮、嵇初识，然而缔交或在此时。

其余几位参与，则各自有其路径。向秀先与山涛往来，见《晋书·向秀传》："清悟有远识，少为山涛所知。"不过此后似与嵇康更相契合，《世说新语·言语》注引《向秀别传》云："少为同郡山涛所知，又与谯国嵇康、东平吕安友善，并有拔俗之韵，其进止无不同，而造事营生，业亦不异。"刘伶则为阮籍、嵇康引见，见《晋书·刘伶传》："与阮籍、嵇康相遇，欣然神解，携手入林。"阮咸是阮籍侄子，追随其叔入伙，见《阮咸传》："咸任达不拘，与叔父籍为竹林之游，当世礼法者讥其所为。"王戎则为阮籍忘年交，也是因他而来。《王戎传》云："戎每与籍为竹林之游。"不过王戎曾自谓"与康居山阳二十年"，嵇康死时，他还未届三十；那么嵇、王倒是相识在先了。

至于团体最终结成时间，陆侃如著《中古文学系年》系"竹林之游"于魏正始六年（公元二四五年）。若指七贤共游，似乎为时尚早，因为王戎不过十一二岁，《晋书·王戎传》云："阮籍与浑（戎父）为友。戎年十五，随浑在郎舍。戎少籍二十岁，而籍与之交。"那么他尚不认得阮籍呢。大概还得后推几年才是。

或问七贤聚在一起，到底干些什么。前引《世说新语》讲到竹林之游，但说"肆意酣畅"，也就是饮酒罢。《晋书·阮籍传》说他"嗜酒能啸"，一生只怕醉时多，醒时少，《世说新语·任诞》载王大语："阮籍胸中垒块，故须酒浇之。"最是知人之言。

山涛曾形容嵇康醉态，可见此公亦自好酒。山涛也能饮，只是把持得住，《晋书·山涛传》云：“涛饮酒至八斗方醉，帝欲试之，乃以酒八斗饮涛，而密益其酒，涛极本量而止。”不像其他几位，一醉方休。《晋书·王戎传》、《世说新语·任诞》均有王戎共阮籍饮酒故事。然而就中酒仙，还推刘伶。盖因他人各有专长，刘伶所长，惟在饮酒。鲁迅有云：“正始名士服药，竹林名士饮酒。”（《魏晋风度及文章与药及酒之关系》）若以此论之，则刘伶在七贤中最纯粹不过。这方面与之可有一比者为阮咸，只是他“妙解音律，善弹琵琶”（《晋书·阮咸传》），酒名多少为此所掩。惟独不见向秀饮酒记载，然而“肆意酣畅”既并说七贤，他也不会不喝的了，怕是不如刘伶二阮喝得那么厉害罢。

饮酒之外，或许还有别的举动，譬如交谈。就中嵇康“美词气”（《晋书·嵇康传》）；王戎则“善发谈端，赏其要会”、“有人伦鉴赏”（《王戎传》），品评人物，每每得其神韵。山涛也谙此道，虽然“初不肯以谈自居”（《世说新语·赏誉》）；后居选职，“所奏斟拔人物，各为题目，时称《山公启示》”（《山涛传》），仍是此种路数。然而刘伶却“澹默少言，不妄交游”（《刘伶传》）。那么竹林聚会，也是有人话多，有人话少的了。《晋书》本传谓嵇康、阮籍“能属文”，二人诗文，皆为绝世佳作，不过刘伶“未尝厝意文翰，惟著《酒德颂》一篇”（《刘伶传》），其余山涛、阮咸、王戎等，也不以文章名世，所以这并非一个文学团体。

《庄子》、《老子》当时影响至巨，竹林亦不例外。山涛“性好《庄》《老》”（《晋书·山涛传》）；阮籍“博览群籍，尤好《庄》《老》”（《阮籍传》）；嵇康“博览无不该通，长好《老》《庄》”（《嵇康传》）；向秀“雅好《老》《庄》之学”（《向秀传》），进而更作《庄子注》，《世说新语·文学》注引《向秀别传》云：“秀与嵇康、吕安为友，趣舍不同。嵇康傲世不羁，安放逸迈俗，而秀雅好读书，二子颇以此嗤之。后秀将注《庄子》，先以告康、安，康、安咸曰：‘此书讵复须注，徒弃人作乐事耳。’及成，以示二子，康曰：‘尔故复胜不？’安乃惊曰：‘庄周不死矣。’”此中差别，大约其一为爱好，其一为学问罢。至于刘伶，《晋书》本传谓其“放情肆志，常以细宇宙齐万物为心”，亦甚合《庄子》要旨。不过诸公言行，虽受《庄》《老》影响，却亦有所不同，阮、嵇等取其无拘无束，山涛却因此而“隐身自晦”（《山涛传》），有人评之曰：“不读《老》《庄》，时闻其咏，往往与其旨合。”（《世说新语·赏誉》）说来乃是融会贯通，不肯以此相标榜耳。

七贤虽然并称，却是相貌参差，品性有别。阮籍“容貌瓌杰，志气宏放”（《晋书·阮籍传》）；嵇康“身长七尺八寸，……有风仪，而土木形骸，不自藻饰”（《嵇康传》）；而王戎“为人短小，任率不修威仪”（《王戎传》）；刘伶“身长六尺，容貌甚陋”（《刘伶传》），这些人聚在一处，倒也有趣。刘伶“初不以家产有无介意”（同上）；向秀“不虑家之有无，外物不足佛其心”（《世说新语·言语》注引《向秀别传》）；嵇康也曾“居贫，尝与向秀共锻于大树之下，以自赡给”（《晋书·嵇康传》）；山涛亦不以钱财为重，“禄赐俸秩，散之亲故”，及至死后，“旧第屋十间，子孙不相容”（《山涛传》）；王戎却以“性好兴利”、“俭啬”著称，“积实聚钱，不知纪极”，乃至阮籍呼之曰“俗物”（《王戎传》）。王戎“幼而颖悟”，有人称其“谲诈多端”（同上）；山涛则“雅素恢达，度量弘远，心存事外，而与时俛仰”（《世说新语·贤媛》注引《晋阳秋》）；阮籍则“傲然独得，任性不羁，而喜怒不形于色”（《晋书·阮籍传》）；嵇康则“恬静寡欲，含垢匿瑕，宽简有大量”（《嵇康传》）；刘伶则“虽陶兀昏放，而机应不差”（《刘伶传》），境界不无高下之分。

若论兴趣爱好，则也有同有异。《晋书·阮籍传》说他“或闭户视书，累月不出；或登临山水，经日忘归”，“时率意独驾，不由径路，车迹所穷，辄恸哭而反”，最著名的，乃是“时无英雄，使竖子成名”那登高一叹。嵇康也好出游，却别有意趣：“康尝采药游山泽，会其得意，忽焉忘反。”（《嵇康传》）阮籍“善弹琴”（《阮籍传》）；嵇康“弹琴咏诗，自足于怀”，及至将赴刑场，尚“顾视日影，索琴弹之”，太息“《广陵散》于今绝矣”（《嵇康传》）；阮咸更是音乐大师，《世说新语·术解》云：“阮咸妙赏，时谓‘神解’。”嵇康“性绝巧而好煅”（《晋书·嵇康传》）向秀常给他打下手，两位“相对欣然，傍若无人”

（《向秀传》）。嵇康“善谈理”，向秀相与辨析，《嵇康集》中收有嵇作《养生论》、向作《难养生论》和嵇作《答难养生论》。《晋书·向秀传》说是“又与康论养生，辞难往复，盖欲发康高致也”，他人似乎插不上嘴。

七贤行事多所不同，如何是一以贯之处呢。《世说新语·伤逝》载王戎丧子，悲不自胜，自谓：“圣人忘情，最下不及情。情之所钟，正在我辈。”此语最可概括七贤为人处世态度，看似不拘礼法，率性而为，内心深处却当形容以纯真二字，亦即《晋书·阮籍传》所谓“外坦荡而内淳至”是也。不过当年名士风气，每以超脱凡俗、怪诞奇异为尚；七贤举止，多少带有此种色彩，倘以“行为艺术”目之，亦无不可。只是乃真性情使然，不光作作样子而已。

《晋书·嵇康传》云：“盖其胸怀所寄，以高契难期，每思郢质。”七贤聚会，恐怕该说是应嵇康召集，他乃就中灵魂。嵇、阮皆放浪形骸，区别但在得罪人与否；一旦得罪了，阮有当道保护，嵇则没有。“籍虽不拘礼教，然发言玄远，口不臧否人物。”（《阮籍传》）是其圆融之处；嵇康自谓：“阮嗣宗（籍）口不论人过，吾每师之，而未能及。”（《与山巨源绝交书》）以致惹来杀身之祸。由此亦可见七贤是不同人物。嵇康襟怀高洁，除向秀、吕安外，世间无人领会。所以山涛荐他作官，嵇康遂与之绝交。所作书云：“足下昔称吾于颍川，吾常谓之知言。然经怪此意，尚未熟悉于足下，何从便得之也。前年从河东还，显宗、阿都说足下议以吾自代，事虽不行，知足下故不知之。”两位相识最早，末了归结为“不知”二字，语虽决绝，或许亦是痛苦之言罢。

此语多少道着七贤故事的结局。嵇康横死，阮籍病故，其余各位，大约无复竹林之游了。《世说新语·言语》注引《向秀别传》云：“后康被诛，秀遂失图，乃应岁举。”因此而改变了人生道路的，也许不止向秀一人。山涛、王戎，后来皆位至三公。阮咸为山涛举荐，理由是“真素寡欲，深识清浊，万物不能移也；若在官人之职，必妙绝于时”（《赏誉》注引山涛《启事》），或为当初共游时所留印象。刘伶官运却颇不济，“泰始初，对策，盛言无为之化。时辈皆以高第得调，伶独以无用罢。”（《晋书·刘伶传》）此公身上，竹林遗风其犹存欤。

《世说新语·伤逝》云：“王浚冲（戎）为尚书令，著公服，乘轺车，经黄公酒垆下过。顾谓后车客：‘吾昔与嵇叔夜、阮嗣宗共酣饮于此垆。竹林之游，亦预其末。自嵇生夭、阮公亡以来，便为时所羁绁。今日视此虽近，邈若山河。’”此番感慨，不啻哀悼一个已经逝去的时代。《容止》云：“有人语王戎曰：‘嵇延祖（康子）卓卓如野鹤之在鸡群。’答曰：‘君未见其父耳。’”的确当年人物，世不复见。

二〇〇一年十一月九日

鲁迅移居砖塔胡同以后

一九二三年八月二日鲁迅日记有云："下午携妇迁居砖塔胡同六十一号。"此前两周，周氏兄弟失和。这件事在鲁迅心理上造成何等影响，我们不得而知；反正从九月起，他就大病一场。砖塔胡同居所逼仄，并非久栖之地，不久他开始四处看房。十月，买定西三条二十一号旧屋，此后，过户、立契，又费去不少工夫；接收房屋，已在转年一月，而尚须大加修缮。据鲁迅日记，买房付洋八百，修屋工值却超过千元，可以想见工程之巨。总而言之，过去几年间那种安定舒适生活，一时已不复存在。

这一年在鲁迅的创作史上，几乎是空白。这显然不能完全归之于上述因兄弟失和而起的一系列事件；整个上半年，鲁迅作品就寥寥无几。一九二二年十二月三日，编得小说集《呐喊》，并写《自序》一篇，小说写作随之告一段落；本年一月十三日，写了《看了魏建功君的〈不敢盲从〉以后的几句声明》后，"随感录"式的短评，亦复中止。只于四月译了爱罗先珂一篇童话，大概还是对他离去的纪念。一月十一日所作《关于〈小说世界〉》有云："我因为久已无话可说，所以久已一声不响了，"不如用来描述此后情形更其恰当。看鲁迅上半年的日记，除上班、讲课、朋友应酬外，很多时间都用来抄补旧书，仿佛又回到了从前绍兴会馆寂寞的抄碑时代。也许对鲁迅来说，创作上的一个阶段，自此年伊始已经结束。就在移居砖塔胡同当月，《呐喊》由新潮社出版，似乎具有某种象征意味。

此前鲁迅已因《呐喊》中的篇章而名满天下。多年以后，他在《〈中国新文学大系〉小说二集序》中回顾说：“从一九一八年五月起，《狂人日记》，《孔乙己》，《药》等，陆续的出现了，算是显示了‘文学革命’的实绩，又因那时的认为‘表现的深切和格式的特别’，颇激动了一部分青年读者的心。”这里补充一句，为之“激动”的其实还有别人，譬如钱玄同，陈独秀——在给周作人的信中，陈氏曾一再说：“鲁迅兄做的小说，我实在五体投地的佩服。”“豫才兄做的小说实在有集拢来重印的价值。”这些话说在一九二〇年八九月间，鲁迅只写了《风波》以前各篇，顶顶轰动的《阿Q正传》尚未面世，由此可见天下之于鲁迅，是如何翘首以待的了。除小说外，《新青年》“随感录”栏目上，鲁迅也是活跃作者之一，批判各种谬误思想，最为着力。后来收入《热风》的杂文，均作于这一时期。作为学者，鲁迅在北京大学等处讲授中国小说史，这是他潜心多年、创见最大的学问。移居砖塔胡同后，《中国小说史略》上下册先后整理出版。在成为小说家和思想家以前，鲁迅乃粹然一学者；现在小说与思想方面暂且隐晦，似乎一时退回到多年前那个粹然学者了。

一九二四年九月二十四日鲁迅给李秉中——当时几乎还是陌生人——写信说：“我喜欢寂寞，又憎恶寂寞，……”“寂寞”一语亦见诸此前所作《〈呐喊〉自序》，形容的是写作《呐喊》之前的自己；在整个前期鲁迅美学中，寂寞即便不是最高范畴，也是总的基调所在。而此时他重又提及，感慨似乎更深：“其实我何尝坦白？我已经能够细嚼黄连而不皱眉了。我很憎恶我自己，因为有若干人，或则愿我有钱，有名，有势，或则愿我陨灭，死亡，而我偏偏无钱无名无势，又不灭不亡，对于各方面，都无以报答盛意，年纪已经如此，恐将遂以如此终。我也常常想到自杀，也常想杀人，然而都不实行，我大约不是一个勇士。现在仍然只好对于愿我得意的便拉几个钱来给他看，对于愿我灭亡的避开些，以免他再费机谋。……我自己总觉得我的灵魂里有毒气和鬼气，我极憎恶他，想除去他，而不能。”看鲁迅日记，并不乏造访者、来信者、学生、朋友；买屋、修屋、讲课，亦非无事可做，但都不能消除他的寂寞，正如《影的告别》所说，他乃是“彷徨于无地”。

《〈呐喊〉自序》云：“只是我自己的寂寞是不可不驱除的，因为这于我太痛苦。”这句话同样可以用来形容此时的鲁迅；而从鲁迅重新开始的写作中，我们能感受到他的寂寞，他的痛苦，他对寂寞的驱除，以及所采取的新的具有特殊美学意义的形式。如果说前一次驱除寂寞——写作《狂人日记》和“随感录”的那一次，还有赖于钱玄同和陈独秀的鼓动催促，这回他可是完全自觉的行动了。一九二三年十二月和一九二四年一月，鲁迅分别做了题为《娜拉走后怎样》和《未有天才之前》的讲演；二三月间，西三条的房屋着手修缮，稍得空闲，鲁迅接连写了四篇小说：《祝福》、《在酒楼上》、《幸福的家庭》和《肥皂》。这对他来讲，标志着整个创作生涯中新的也是最重要的阶段的来临。五月迁居西三条后，写作进入高潮。自此至一九二六年八月二十六日离开北京，鲁迅创作了小说集《彷徨》，散文诗集《野草》（除《题词》外），论文集《坟》的后半部分，杂文集《华盖集》、《华盖集续编》（除《上海通信》和《续编的续编》六篇外），《朝花夕拾》的前五篇；除完成《中国小说史略》外，还再次校订了《嵇康集》，翻译了《苦闷的象征》、《出了象牙之塔》和《小约翰》——在鲁迅译作中，皆为上品。《〈中国新文学大系〉小说二集序》谈到《彷徨》，自认为“脱离了外国作家的影响，技巧稍为圆熟，刻划也稍加深切”，《〈自选集〉自序》中则说是“思路也似乎较无拘束”；较之《呐喊》与《故事新编》，《彷徨》更是鲁迅小说的顶峰之作。以《娜拉走后怎样》和《未有天才之前》而开始的《坟》的后半部分，文化批判最为深刻，晚年杂文中此种意味，即根植于此。鲁迅的论战艺术，亦即他独特的思维方式和行文方式，在《华盖集》和《华盖集续编》中表现得最机智，最充分。而在鲁迅所有作品中，以《野草》最能揭示作者的内心深处。综合来看，此时鲁迅作为思想家，最具智慧；作为小说家，最为成熟；作为诗人，最富灵动；作为学者，取得了最高成就。正好比茨威格所说的“人类的星光璀璨时”。而所有这些，与鲁迅的寂寞痛苦大概不无关系；或许正是寂寞痛苦最终成就了伟大的鲁迅。

从前鲁迅用“巴人”笔名发表《阿Q正传》时，众人议论纷纷，不知作者是谁——这颇可以代表长期以来鲁迅所保持的面貌，也就是说，作为教育部一名官员，大学讲师，他宁肯藏身暗处，让思想本身成为利箭。一九二五年开始的女师大风潮，以及随即与陈源的论战，使得鲁迅本人走上前台，《华盖集》和《华盖集续编》中大部分文章即因此而作。这给他带来两个方面的变化：一是杂文成为主要写作方式；一是论战成为主要思想方式。鲁迅以此终其一生。

二〇〇一年九月十二日

鲁迅与“白银时代”

现在所谓俄罗斯“白银时代”，亦即沙皇俄国最后时期的文学，很早即为鲁迅所关注，不过当时尚无这个名目就是了。由所撰《〈十二个〉后记》和《〈竖琴〉前记》可知，鲁迅对这一代作家作品不仅熟悉，而且独有心得。《〈竖琴〉前记》所说“俄国的文学，从尼古拉斯二世时候以来，就是‘为人生’的，无论它的主意是在探究，或在解决，或者堕入神秘，沦于颓唐，而其主流还是一个：为人生”，深得“白银时代”文学神髓，见识出乎后来学者之上；而“但它在本土，却突然凋零下去了。在这以前，原有许多作者企望着转变的，而十月革命的到来，却给了他们一个意外的莫大的打击”一番话，也道着他这方面的兴趣，大致以十月革命为限，此后承其余绪的流亡文学，似乎就不大留意。当然按现在看法，“白银时代”不只是文学概念，还包括哲学、神学、思想及艺术；鲁迅的视野则基本上限定于文学，其中诗歌虽也关注，重点无疑是在小说。这与他自己身为小说家不无关系。而鲁迅对“白银时代”小说家并非一视同仁，安德列耶夫（鲁迅译为安德列夫、安德烈夫或安德莱夫）和阿尔志跋绥夫两位，曾经为他所特别喜爱，平生议论颇多。鲁迅与“白银时代”这题目甚大，一时不能尽说；我最感兴趣者，只在他为何专门喜欢这么两位作家（现在看来，他们并非“白银时代”文学成就最大者），而这对理解鲁迅来说，其实至关重要。

一九〇九年三月周氏兄弟合译《域外小说集》第一册出版，就中出自鲁迅之手者，即为安德列耶夫的《谩》与《默》二篇。此后还译有《红笑》，未能付梓，译稿已佚。一九二一年又翻译了《黯澹的烟霭里》和《书籍》，后收入《现代小说译丛》一书。鲁迅自己写作小说，极其沉重又极其轻松，后一方面或从果戈理、显克微支和夏目漱石得到启发，前一方面则显然得力于安德列耶夫，所作《〈中国新文学大系〉小说二集序》曾说：“《药》的收束，也分明的留着安特莱夫式的阴冷。”其实不止是《药》，《呐喊》、《彷徨》中多有此种氛围，就连《野草》也说得上是“安德列耶夫式的”。当年在《域外小说集》的“杂识”中，鲁迅讲安氏“其文神秘幽深，自成一家”，这样的话形容另一位作家也很恰当，就是鲁迅自己。周作人曾经提示，鲁迅喜爱安氏“或者这与爱李长吉有点关系”。我们更可以由此上溯至整个《离骚》一脉；安德列耶夫与鲁迅之间，在某一方向上正有着相似的美学追求。据许钦文回忆，鲁迅曾将安氏的照片，挂在西三条住所“老虎尾巴”墙上，可见心仪非常了。

“白银时代”并非一个文学流派，包含了多种创作倾向，其中譬如蒲宁、库普林等，是典型的现实主义；安德列耶夫以及阿尔志跋绥夫，则介乎现实主义与表现主义、象征主义之间。鲁迅的兴趣恐怕正在于此。他说："安特来夫的创作里，又都含着严肃的现实性以及深刻和纤细，使象征印象主义与写实主义相调和。俄国作家中，没有一个人能够如他的创作一般，消融了内面世界与外面表现之差，而现出灵肉一致的境地。他的著作是虽然很有象征印象气息，而仍然不失其现实性的。"（《〈黯澹的烟霭里〉译者附记》）这话也可以用来评述鲁迅的某些小说。单单以现实主义来概括鲁迅，未必概括得了。至于鲁迅在为李霁野译安氏剧作《往星中》所撰"内容大略"中说的："安特来夫。全然是一个绝望厌世的作家。他那思想的根柢是：一，人生是可怕的（对于人生的悲观）；二，理性是虚妄的（对于思想的悲观）；三，黑暗是有大威力的（对于道德的悲观）。"与其指为批评，不如说是深刻理解更恰当些。

相比之下，鲁迅之于阿尔志跋绥夫，更多契合可能还在思想方面。虽然艺术上的认识，同样透彻："阿尔志跋绥夫的著作是厌世的，主我的；而且每每带着肉的气息。但我们要知道，他只是如实描出，虽然不免主观，却并非主张和煽动；他的作风，也并非因为'写实主义大盛之后，进为唯我'，却只是时代的肖像：我们不要忘记他是描写现代生活的作家。"（《〈幸福〉译者附记》）讲到"肉的气息"，我们也会想到《故事新编》中的《补天》，《野草》中的《复仇》等，尽管不像阿氏笔下那么昭彰。一九二〇年十月鲁迅译就阿氏的中篇小说《工人绥惠略夫》，一年半后面世，是署以“鲁迅”笔名的第一部著作。此前还译了短篇《幸福》和《医生》，也收入《现代小说译丛》。对于阿氏最出名也最为人所垢病的“写出一个以性欲为第一义的典型人物”的《萨宁》（鲁迅称为《赛宁》），鲁迅显然始终是予以理解的，然而他说：“阿尔志跋绥夫也知道，赛宁只是现代人的一面，于是又写出一个别一面的绥惠略夫来，而更为重要。”（《译了〈工人绥惠略夫〉之后》）后来在《记谈话》中，介绍翻译这书的起因说：“那一堆书里文学书多得很，为什么那时偏要挑中这一篇呢？……大概，觉得民国以前，以后，我们也有许多改革者，境遇和绥惠略夫很相像，所以借借他人的酒杯罢。”此文作于一九二六年该书重版之前，他又说：“然而昨晚上一看，岂但那时，譬如其中改革者的被迫，代表的吃苦，便是现在，——便是将来，便是几十年以后，我想，还要有许多改革者的境遇和他相像的。”

说来鲁迅那一代作家看待翻译，几乎与创作同等重要；所以鲁迅译作，或许对我们已无甚价值，然而对鲁迅，对我们了解和理解鲁迅，其价值却不容忽视。——附带说一句，最早《鲁迅全集》收入译作，实为解人之举。翻译《工人绥惠略夫》，正与鲁迅写作《呐喊》同时；从前引鲁迅的话来看，其中他的寄托，未必亚于《呐喊》。我甚至觉得鲁迅借助《工人绥惠略夫》，说出了某些《呐喊》所未曾说出的话。把这两本书结合起来看，对当时的鲁迅才能有完整印象——他自己写的人物，都是被动于现实社会的；而从阿氏那里，借来一个主动面对现实社会的艺术形象。

最后对社会施以无情报复的绥惠略夫，似乎正与鲁迅笔下可怜的阿 Q 形成一种“有意味的对照”。

鲁迅说：“阿尔志跋绥夫是厌世主义的作家，在思想黯淡的时节，做了这一本被绝望所包围的书。”最近我重读一过，觉得说是一本非常可怕的书也不为过。当然鲁迅不就是绥惠略夫，但是其间却有某种共鸣。他在《两地书·四》中曾说：“现在的所谓教育，世界上无论那一国，其实都不过是制造许多适应环境的机器的方法罢了。要适如其分，发展各各的个性，这时候还未到来，也料不定将来究竟可有这样的时候。……要彻底地毁坏这种大势的，就容易变成‘个人的无政府主义者’，如《工人绥惠略夫》里所描写的绥惠略夫就是。这一类人物的运命，在现在——也许虽在将来——是要救群众，而反被群众所迫害，终至于成了单身；忿激之余，一转而仇视一切，无论对谁都开枪，自己也归于毁灭。”鲁迅并不赞同这种举动，却很能理解个中原由。《记谈话》也说：“然而绥惠略夫临末的思想却太可怕。他先是为社会做事，社会倒迫害他，甚至于要杀害他，他于是一变而为向社会复仇了，一切是仇仇，一切都破坏。中国这样破坏一切的人还不见有，大约也不会有的，我也并不希望其有。”然而接着话锋一转：“但中国向来有别一种破坏的人，所以我们不去破坏的，便常常受破坏。”所以他的态度，并不能简单地归结为“是”与“否”；在绥惠略夫身上，多少寄寓了鲁迅有关现实社会的看法。

绥惠略夫这形象颇使鲁迅难忘，以后写文章一再提及；所说的一句话，也屡被征引："你们将黄金世界预约给他们的子孙了，可是有什么给他们自己呢？"五四以后，理想主义一时甚嚣尘上，鲁迅以其无比冷峻，看出浅薄空泛之处；他与绥惠略夫，或许正在这一点上取得了共鸣罢。这又使我们想起前引鲁迅议论安德列耶夫思想的话。安氏的艺术根植于他的思想；鲁迅喜爱其艺术，肯定也有思想上的依据。或许可以说，作为一个有思想家灵魂的艺术家，鲁迅更接近于安德列耶夫；当这个艺术家置身现实社会之中，他更接近于阿尔志跋绥夫。

鲁迅指出，绥惠略夫"确乎显出尼采式的强者的色采来"，翻译《工人绥惠略夫》之际，他还译了尼采的《察拉图斯忒拉的序言》。安德列耶夫与尼采亦颇有相通之处。隐藏在两位"白银时代"作家身后的，正是这同一个人。而鲁迅自己，也曾被称作"中国的尼采"。那么也不妨说，鲁迅是通过这两位小说家——身为小说家，他需要如此——呼吸一点尼采的空气，并且展现给中国读者一点"尼采式的强者的色采"。

二〇〇一年十一月十八日

鲁迅与废名

一九三〇年五月十二日，《骆驼草》周刊在北平出版。创刊号上，署名丁武的《〈中国自由运动大同盟宣言〉》一文云："新近得见由郁达夫鲁迅领衔的《中国自由运动大同盟宣言》，真是不图诸位之丧心病狂一至于此。"文末将此事归结为"文士立功"，即有政治野心之举。十二天后，鲁迅在上海写信给章廷谦说："《骆驼草》已见过，丁武当系丙文无疑，但那一篇短评，实在晦涩不过。以全体而论，也没有《语丝》开始时候那么活泼。"所谓"丙文"，即冯文炳，亦即废名。此刊以后各期，不知鲁迅是否看过，而第三期就有一篇《闲话》，仍署名丁武，专门解释何以要写那篇短评，有云："不愉快的事，因了郁达夫鲁迅的《中国自由运动大同盟宣言》，我刺了鲁迅先生一下。郁达夫先生呢，那实在是一个陪衬，……"

这可以说是废名对于鲁迅态度的转变；而这一转变，又因为在其看来，一九三〇年顷鲁迅本身发生了转变的缘故。说来二人交往已久。一九二四年废名曾作《〈呐喊〉》一文，是关于《呐喊》较早的评论文章。当时他还在北京大学读书，已经开始小说创作。后来有种议论，说废名写乡土小说，受了鲁迅的影响，然而废名在此文中最推崇的，却是《孔乙己》。在《从牙齿念到胡须》（一九二五年）中，废名谈到与鲁迅最初见面的情形："鲁迅先生我也只见过两回面，在今年三四月间。第一次令我非常的愉快，悔我来得迟。第二次我觉得我所说的话完全与我心里的意思不相称，有点苦闷，一出门，就对自己说，我们还是不见的见罢，——这是真的，我所见的鲁迅先生，同我在未见以前，单从文章上印出来的，能够说有区别吗？"一九二五年和二六年的鲁迅日记中，也有若干关于废名来访或来信的记载。

当时废名对鲁迅极表推崇。譬如《从牙齿念到胡须》中说："鲁迅先生近来时常讲些'不干净'的话，我们看见的当然是他的干净的心，甚至于看见他的苦闷。"这里可以看出废名觉得自己对鲁迅独有理解，而其与一般后辈景仰先贤不同者，的确也在于此。《给陈通伯先生的一封信》（一九二七年）中更说："说到鲁迅先生，我要提出一个较大的问题，就是，个性的表现。……鲁迅先生一年来的杂感，我以为都能表现他自己，是他'转辗而生活于风沙中的瘢痕'。"此文也谈到周作人，有云："他为人的健全，难道有心人还看不出吗？"在此前的一篇《"偏见"》中，废名甚至宣布自己的"偏见"："凡为周作人先生所恭维的一切都是行，反之，凡为他所斥驳的一切都是不行。"由此可见其对周氏兄弟取向有所不同，是思想上接受乃弟，心灵上却与乃兄多所契合也。要而言之，其间正是思想家与艺术家的区别。此种契合，强烈而不无戏剧性。最明显地表现在《忘记了的日记》（一九二七年）中："昨天读了《语丝》八十七期鲁迅的《马上支日记》，实在觉得他笑得苦。尤其使得我苦而痛的，我日来所写的都是太平天下的故事,而他玩笑似的赤着脚在这荆棘道上踏。又莫明其妙的这样想：倘若他枪毙了，我一定去看护他的尸首而枪毙。于是乎想到他那里去玩玩，又怕他在睡觉，我去耽误他，转念到八道湾。"这番话曾被论家认为有所象征，其实其间并无取舍，还是前述对艺术家与思想家的不同认同罢。一九二九年鲁迅回北平省亲，五月十九日日记云："上午冯文炳来。"是为二人所见最后一面。

废名在心灵上与鲁迅如此契合，大概即是他后来批评鲁迅的根由所在——当他感觉鲁迅心灵有所变化，对鲁迅的看法也就随之变化。一九三〇年初鲁迅的一系列举动，如参加中国自由运动大同盟和中国左翼作家联盟等，可能正被废名看作是其心灵变化的迹象。在前述《闲话》中，废名说："我时常同朋友们谈，鲁迅的《呐喊》同《彷徨》我们是应该爱惜的，因为我认为这两个短篇小说集是足以代表辛亥革命这个时代的，只可惜著者现在听了我的这句话恐怕不高兴了，倘若如此，我以为错在他，不在我。我以为我的这句评语是衷心的赞美，不胜恭敬，著者也足以受之而无愧了，可慰他多年的寂寞与沉默。与著者同时代的，除了这两本书没有别的书。" 废名称鲁迅为"那时的一位孤独者"，他一向所理解所热爱者，正在这里；在他看来，鲁迅现在已经不再孤独，而被别的什么所左右了：“‘前驱’与‘落伍’如果都成了群众给你的一个‘楮冠’，一则要戴，一则不乐意，那你的生命跑到那里去了？即是你丢掉了自己！”他的结论是：“‘群众’两个大字，我们是可以站得起一点。”

将近两年过去，废名为《周作人散文钞》作序，继续着这一话题：“鲁迅先生的小说差不多都是目及辛亥革命因而对于民族深有所感，干脆的说他是不相信群众的，结果却好像与群众为一伙，我有一位朋友曾经说道，‘鲁迅他本来是一个 cynic，结果何以归入多数党呢？’这句戏言，却很耐人寻味。这个原因我以为就是感情最能障蔽真理，而诚实又唯有知识。”末尾这句话乃是将鲁迅与周作人比较而言，——此种比较，又使我们想起从前《给陈通伯先生的一封信》里他的话，其间仍有相通之处，即前述思想家与艺术家的区别；由此也可以说，本文开头讲废名对鲁迅态度有所转变，恐怕还不免笼统，至少此时的批评，原本是在他心目中打了底子的。

三十年代初，废名乃是“京派”一员。“京派”是个笼统概念，说来周作人只是中心之一，废名与俞平伯就属于这个圈子，其中或许还可以将周氏两位老友钱玄同和刘半农包括在内。废名似乎是这圈子里惟一公开批评鲁迅者，虽然如前所述，他有着自己的思想脉络，但也多少代表了钱、刘、周等人的想法。五四新文化运动这几位风云人物，此时仍保持自由主义者的姿态，在他们看来，五四之根本精神即系于此，而其中关键，恰恰在废名所说作为思想者的个人，究竟与群众是什么关系。三十年代鲁迅并不曾完全丧失自我，废名的批评或有以偏概全之嫌；然而他所指出的，对于后期鲁迅以及二十世纪中国知识分子，的确是个重要问题。即以鲁迅而言，某些时候的确因此而无意或有意地放弃了独立思考的立场，对斯大林治下的苏联的看法即其一例。这问题也曾发生在西方许多进步知识分子身上，譬如写《访苏联归来》之前的纪德。伟大如鲁迅，竟止步于写《访苏联归来》之前的纪德，不免令人为之扼腕。当然即便废名自己，最终也未能摆脱类似为他所批评的后期鲁迅那种命运，他整个晚年的作品因此而几无价值。二十世纪中国知识分子似乎不可能彻底走出这一困境。然而事实如此，并不说明针对此事实的思想没有意义；相反，真正有价值的或许恰恰在于思想本身。思想是惟一有可能对“存在的就是合理的”这一命题提出挑战的，思想也因此而成为一种存在。

一九三二年十月三十一日鲁迅日记有云：“上午托广平往开明书店豫定插图本《中国文学史》一部，先取第二本，付与五元，又买杂书二本，一元五角。”查鲁迅当年书账，此二书一为《周作人散文钞》，一为周作人著《看云集》。此后他回到北平，十一月二十日致信许广平说：“周启明颇昏，不知外事，废名是他荐为大学讲师的，所以无怪攻击我，狗能不为其主人吠乎？”此“攻击”一语，或即指《〈周作人散文钞〉序》而言。查《鲁迅景宋通信集》，此前许氏来信，并无这个话头，鲁迅其携带此书北上阅读乎。这番话，可以视为他私下里对废名批评的回答。

两年以后，鲁迅针对《人间世》第十三期废名《知堂先生》一文，写了《势所必至，理有固然》，所涉及者为另一话题，即文学究竟是否宣传。其中说：“写文章自以为对于社会毫无影响，正如称‘废名’而自以为真的废了名字一样。‘废名’就是名。要于社会毫无影响，必须连任何文字也不立，要真的废名，必须连‘废名’这笔名也不署。”似乎与前此废名的批评也有些许联系。这文章没写完，鲁迅生前也不曾发表，所以二人之间，到底不能算是真的发生了论争。

一九三五年鲁迅编《中国新文学大系小说二集》，在导言中说：“后来以‘废名’出名的冯文炳，也是在《浅草》中略见一斑的作者，但并未显出他的特长来。在一九二五年出版的《竹林的故事》里，才见以冲淡为衣，而如著者所说，仍能‘从他们当中理出我的哀愁’的作品。可惜的是大约作者过于珍惜他有限的‘哀愁’，不久就更加不欲像先前一般的闪露，于是从率直的读者看来，就只见其有意低徊，顾影自怜之态了。”所选《浣衣母》、《竹林的故事》、《河上柳》三篇，均见《竹林的故事》，乃是废名早期作品。如同废名遗憾于鲁迅的转变，鲁迅同样对废名后来创作上的变化不以为然；这里“哀愁”显然不是一己的而是社会的，废名反对鲁迅丧失自我，鲁迅则鄙夷废名只剩下了自我。前述《势所必至，理有固然》中曾说废名“有时发表一些顾影自怜的吞吞吐吐文章”，与此处之“有意低徊，顾影自怜”正相一致。

大约与此同时或稍后，废名在北京大学讲解新诗，所编讲义即后来行世之《谈新诗》一书，其中有“鲁迅的新诗”一章，推崇一九一九年所作《他》“好像是新诗里的魏晋古风”。他说：“这首诗对于我的印象颇深，我总由这一首《他》联想到鲁迅先生《写在〈坟〉后面》那篇文章，那时鲁迅先生在厦门，我在《语丝》上读到他这篇《坟》的后记，不禁想着他很是一位诗人。这个诗人的感情，自然还是以较早的这一首新诗表现得最美好，我们读之也最感苍凉。”废名似乎始终做得前期鲁迅的解人，言语之间感受甚深。

十多年后，废名著《莫须有先生坐飞机以后》，又复说到鲁迅，有云：“看了鲁迅的文章（按指《秋夜》）如闻其语，如见其人，莫须有先生很怀念他，虽然他到后来流弊甚大。”又云：“鲁迅其实是很孤独的，可惜在于爱名誉，也便是要人恭维了，……”与此前议论乃有一贯之处。

到了晚年，废名思想大变，所著《跟青年谈鲁迅》（一九五六年）一书，极少个人见解。这里顺便提及，不复多谈。

二〇〇一年九月六日

被看的女人

这个题目，原本就是“我的女人观”的意思——观者，看也。看要用眼睛；也可以把范围扩大，涵盖所有感官。这又意味着限定于“我的女人观”的某一层面。的确“女人观”如同一切“观”一样，本身是一个系列，从感觉到思想不等。这符合我的一贯想法，从前写文章说：“我们与世界的关系是多维度的，最终还有一番综合价值判断的事情要做；综合价值判断借助于所有维度的价值判断，但它并不抹杀某一维度上的价值判断。”诉诸于感官的女人，在别的领域依然存在。然而这看法却不是所有女人都能接受的。记得从前在公司上班时，有位女秘书长得很好看，但是最反感别人提到此点；我想她是不懂上述道理，以为“好看”意味着“仅仅好看”，而这则被看作一种侮辱。或许真的有人——特别是男人——如此想法，我却不在其列。以感官审美而论，女人有好看与否的区别，然而此种判断仅仅属于这一尺度；如果谈到道德品质，学识修养，性情爱好，工作能力，等等，感官审美尺度便派不上用场，合该启用别种尺度。这些尺度是并存的，不是排他的，否则女人就不是立体的了，成了单面的人。惟一的认识世界的尺度，叫作偏见。在要求男人放弃偏见时，女人自己也应该放弃偏见。

写到这儿好像要与谁论辩一番似的，其实不然。我把这个简单的道理讲明白了，以下便好说话。我要说的是“被看的女人”——女人的一个侧面。至于有关女人的别的看法，并非没有，这里不谈。在感官审美的价值判断下，结果无非是美，丑，乃至介乎两者之间的一般。这方面曾有很极端的见解，譬如谷崎润一郎就说：“若是不值得一看的女人，就觉得不是女人。”（转引自加藤周一《日本文学史序说》）我没有这么绝对，认为美、丑和一般都是客观存在。而且如此区分，并无歧视之意，就像在别种场合，说一个女人聪明与否，抑或能干与否，谈不上要歧视谁一样。当然其一为努力所得，其一是生来如此，相提并论未免不太公平，然而人生各种条件，得失于先天者甚多，我们不是也都接受了么，所以不是什么问题。

问题在于别处。前面把美丑之分说成是客观存在，也许不尽妥当，因为这是要经过主观判断的，其间差别之大，简直难以想象。举个例子，大洪兄是我多年好友，彼此想法往往一致，惟独谈及女人时颇有出入。有一次在地铁里看到梁咏琪所做广告，我问很漂亮罢，他说漂亮什么。这种差异，构成现在谈论这一话题的障碍。或许可以对前述区分方法做一修正，美和丑都再各分为两类，一类是大家无可争议的，属于绝对之美，或绝对之丑；一类是个人看法不一的，属于相对之美，或相对之丑。而且在相对之美、一般和相对之丑之间，容或归类有所出入，乃至在某人眼中，一般或相对之丑，被看成美；一般或相对之美，被看成丑。他人对此无须表示异议。

除此之外，不同时代，审美观念也有所不同。所以前述绝对之美，乃至绝对之丑，仍须纳入某一具体时代框架，而无法超乎所有之上。“环肥燕瘦”，正相冲突，可是当时恐怕不止皇帝老儿一人，觉得她们倾国倾城罢。《诗经》里的美人大多是胖子，比如“有美一人，硕大且卷”、“有美一人，硕大且俨”（《泽陂》），或许很难为现在苦苦减肥的女人以及对此表示支持的男人所认可。那么不如一概看作历史遗迹，按下不表。我们今天只说今天的话罢。

我把感官审美单拈出来，乃是为的说话方便；落实到具体情况，并不这么简单。感官审美时常与别种价值尺度相互混杂。我们所面对的，毕竟都是活人；女人别种品性与容貌身材等，往往一并呈现于感官之中。感官之美，是有关感受到的外在化的一切的美。玛丽莲·梦露通常被说成“白痴美人”，这句话里已经涉及审美判断和智力判断两个方面了，我们却无法将二者截然分开；或许这里智力判断是作为审美判断的一部分而存在的。——至于这种说法是否比前述以好看作为判断女人的惟一标准，更让女人难以接受，姑且不论。不过我承认这确实是一种美。“白痴美人”涉及智力，可能还有性情，而这些往往是出于某种误解。我看《塞尔玛与路易丝》（又译《末路狂花》），很喜欢饰演塞尔玛的吉娜·戴维斯，影片中她实在傻得可以，惹了那么多祸，末了连自己和路易丝的命都搭上了，但她也是“白痴美人”。当然只是感觉如此罢了。我另外在什么书上读到，此人智商一百五十三，仅比好莱坞智商最高的莎朗·斯通低一分。这并不说明什么问题，感官之美本来就是一种非常表面化的价值判断，它不要求深入，我们也不能以深入来要求它。

如上所述，感官审美往往包容其他有关女人的价值判断在内，而且别种判断很难不对审美判断造成影响。《红楼梦》里黛玉、宝钗都是美人，但在众人眼中，亦有些许分别：“……不想如今忽来了一个薛宝钗，年纪虽大不多，然品格端方，容貌丰美，人多谓黛玉所不及；而且宝钗行为豁达，随分从时，不比黛玉孤高自许，目无下尘，故比黛玉大得下人之心。”正说明了这一点。及至史湘云进得大观园，至少在我看来，该比宝钗更胜一筹。湘云直爽娇憨，快活单纯，较之宝钗之工于心计，黛玉之使气任性，更令人觉得可爱。——话说到这儿跑了题了：“美”实际上已被“可爱”所取代，所谈论的也就不再是感官审美了。这是最容易混淆的，然而又很难避免。勉强说来，史湘云大概也有一点儿“白痴美人”的味道罢。不管怎样，我们在说“好看”或“不好看”时，意思并不简单，可能已经做过一番综合判断了。

回到感官审美上来，这原本不止视觉一途，还有听觉、味觉、嗅觉、触觉和温觉等，往往是交汇混合，乃至有通感发生。譬如《诗经·硕人》这般形容：“手如柔荑，肤如凝脂，领如蝤蛴，齿如瓠犀，螓首蛾眉，巧笑倩兮，美目盼兮。”乍看都是视觉描写，可是如果联系诗中“硕人其颀”、“硕人敖敖”，关于“手”、“肤”和“领”，感受恐怕就要丰富得多，特别是“肤如凝脂”，不无将“其颀”和“敖敖”具体化之意，从而扩展到触觉和温觉，予人以饱满、致密、滑腻和温暖之感。后来白居易写《长恨歌》，“春寒赐浴华清池，温泉水滑洗凝脂”二句，大概即是由此化出，但是平添一个背景，感觉更其细致入微。“温泉”对应“春寒”，“水滑”涉及“凝脂”，未始不让人感到“温”是体温，“滑”是肌肤；而以“凝脂”替代身体，更从这两方面多所强调，——我们甚至觉得，“洗”及“凝脂”之际，“水”未必“滑”，反倒“涩”了。这样呈现于感官之中的杨贵妃，就是活生生的一个美人。当然也有另外一种情况：某一感觉特别强烈，把别的感官屏蔽住了。好比李白见到越女，一再写“屐上足如霜”、“东阳素足女”、“耶溪女如雪”（《越女词五首》）、“两足白如霜”（《浣纱石上女》），其实都是一回事，大概这个视觉印象太强烈了罢。

关于女人，至此已经谈了不少；或者以为“我的女人观”之“我的”二字，尚且没有说到。其实不是讲过了么，读《红楼梦》我中意史湘云，看美国电影我喜欢吉娜·戴维斯——当然喜欢的不止这一人，另外还有几位；但是莎朗·斯通可就一言难尽了，美则美矣，到底太凶。黛米·摩尔也挺凶的，我却喜欢。也许区别在于莎朗·斯通的凶，她自己意识得到；黛米·摩尔则意识不到。

作为演员，黛米·摩尔比莎朗·斯通总归要差一些，甚至可以说相当本色，而她的可爱或美——对不起，我又把二者给混为一谈了——也正体现在这里。黛米·摩尔有种强烈激情为性格、身份、境遇等所阻遏而产生的美，所谓“凶”正是由此而来，是偶然透露的一点内心消息。相比之下，莎朗·斯通的世界包括她本人在内，则完全处于自己掌握之中。黛米·摩尔面对世界和自己，多少显得有点儿无辜。在女性审美特别是感官审美的范畴里，无辜是一种独特的美。附带说一句，我提起三位已经过气的明星，未免不合时宜；新的女演员倒也见过不少，只是一时还想不到有谁特别值得一说。

二〇〇二年二月十三日

〔补记〕此文末云：“新的女演员倒也见过不少，只是一时还想不到有谁特别值得一说。”实在只为写文章煞笔方便，有些话没来得及说。我最喜欢的是美国的薇诺娜·赖德，曾在微博上写过一段关于她的话：“一位漂亮到疑为天人，天真到无所设防，认真到有点神经质，相信伤害也相信爱情的女演员。”比她稍晚些的，则喜欢英国的凯拉·奈特利和美国的安妮·海瑟威。

二〇一五年二月二十五日

中国人的日常生活

关于日常生活，中国有几句现成话，曰“生老病死”，曰“饮食男女”，曰“衣食住行”，曰“吃喝玩乐”，曰“吃喝拉撒睡”，曰“柴米油盐酱醋茶”，等等，虽然各有侧重，一总看来，已经把这码事儿大致概括齐全了。现在选编在这里的五十篇文章，所体现的也是差不多的意思。——我说“差不多”，其实还是略有差别：上述成语所强调的，主要还是中国人的日常生活中的“日常”二字，也就是说向来如此，司空见惯，并无新奇之处；到了文人笔下，则免不了带有几分戏剧性，对于其中某些侧面，又可能较多强调，结果成了“中国文人的日常生活”了。然而这也没有法子。文章都是文人所写，不能脱离一己生活实际，也无法排除个人特别喜好，而且生活只是过程，写作则需要感受，感受这东西本来就有几分戏剧性，不然太过平淡无奇，无非一篇流水账，根本无人要看。好比欠薪是二十年代北京做官乃至教书的人屡见不鲜的遭遇，鲁迅却能笔意辛辣地“记”之；麻将和扑克是无拘什么时期中国人老少皆宜的游戏，梁遇春却能独具心得地“论”之。又如周作人与台静农都谈喝酒，林语堂、朱自清和吴组缃都谈抽烟，但是说法各不相同。文人的好处，有时也是偏颇之处；反之亦然。我们上来先指明这一点，以免读者误会，以为中国不管什么人都是如此活法。然而如果意识到并多少忽略其中部分文人因素，可以说这批文字仍然或多或少反映了中国人日常生活的真实面目。

在一般中国人心目中，“活着”与“生活”这两个词儿涵义有所不同。其间差别，与前述“日常”与“戏剧”的差别多少有些关系，但是也不尽一样。“活着”是就生存意义而言的，讲到中国人的日常生活，当然首先是生存了，不过好像仅仅如此，人们并不满足，特别是当环境提供了可以不满足的条件的时候。其实即便生存环境恶劣，人们也会“苦中作乐”，不以活着为惟一目的。“文革”初期我还是小孩儿，有一年春节，哥哥和我很想放炮仗，母亲就给了两毛来钱，——全家四口人一个月的生活费只有三十六块，这两毛来钱也不算少了。我们买了一挂“小鞭”，共一百个。两人平分，各五十个，末了却多出一个，哥哥和我赶紧跑到胡同里把它给放了，当下真是兴高采烈。现在回想起来，那时活得何等暗淡乏味，简直不明白怎么还会这么高兴呢。我想也许至少那一刻我们是“生活”而不止是“活着”了罢。“生活”而不止是“活着”，中国人的日常生活，正是这个意思。这里涉及生活内容，也涉及人的心理——亦即前面所说感受是也。分开来讲，第一，对为维持生存所必需的种种方式本身，不止拿它们当作生存方式看待，要从中体会出一点味道；第二，于维持生存所必需的种种方式之外，还要有些调剂补充的成分。这两方面合起来，大概就是中国人的日常生活的全部了。

类似意思，其实早经中国二十世纪的智者如周氏兄弟论述过了，而且所说十分精辟。周作人向来被认为是最懂得“生活之艺术”的，他说：“我们于日用必需的东西以外，必须还有一点无用的游戏与享乐，生活才觉得有意思。”（《北京的茶食》）或许要说这不无闲适之嫌罢，那么再来看看鲁迅，在我们印象中他好像总有点儿紧张似的，然而也说：“人们到了失去余裕心，或不自觉地满抱了不留余地心时，这民族的将来恐怕就可虑。”（《忽然想到》）正因为有了“余裕心”，“生活才觉得有意思”。鲁迅印书要印毛边本，周作人要“喝不求解渴的酒，吃不求饱的点心”，都是这个道理。而他们的着眼处，主要还不在“日用必需的东西以外”的“无用的游戏与享乐”；“日用必需的东西”，本身即为他们所关注，所体味。读他们的文章、书信和日记，就知道他们是何其有情趣的人了。周氏兄弟不仅是中国文章的最高代表，在日常生活方面，也是典型人物。对日常生活的重视，可以算是中国人的特点之一，——当然重视日常生活的别国人一定也有不少，这里并不是要相互比较；而中国人自己的习惯早已有了变化，近来好像渐有趋于粗糙之概，但至少可以说，中国本来是有这方面的传统的。从这里选编的文章中，也可以看出一二。题目可能略嫌琐碎，作者关注点也不尽相同，但是其中所蕴涵的意趣却是一致的。由此引申开去，可能就会触及中国人的生存意志之类的问题了，一言以蔽之，仍然基于前面所讲的：活下去，但不仅仅是活下去，总是希望同时也努力争取活得有点意思，至少有点滋味。如此而已。

从另一方面看，中国人的日常生活，与世界上所有人的生活一样，并非恒定不变的东西。今天虽然时常还听见人说“柴米油盐酱醋茶”，内容却多半已经改变。我小时候可以在煤铺买到劈柴，以为烧煤引火之用，以后改为烧蜂窝煤，有引火炭，其中虽含木屑，却不再有成块木头可烧；现在搬进楼房，做饭改了煤气，取暖改了暖气，“柴”至少不直接与我们的生活发生关系了。至于“米”和“油”，且不说增添多少花样，又淘汰哪些品种，这两样东西以前都是定量供应的，米有米票，油有油票，在我的童年印象中，乃是不可多得之物，家里来了贵客，才款待以米饭，做菜多搁点儿油的，这当然很难为现在的年轻人所能体会了。至于“衣食住行”中“食”之外的几样，变化可能更大。生活内容变了，感受也会相应改变。收入本书的文章，写作时间前后跨度近八十年，所涉及的内容，则相差有一个多世纪，其中就包含着许多变化。像鲁迅写的“种痘”，废名写的“放猖”，已经成了历史上的一页。此种变化，我想乃是理所当然。即便真是好东西，非要消失不可，也只好由它去了。

附带说一句，把中国人的日常生活设想成某一模式，并将其理想化，是对中国一知半解的外国人最易犯的毛病之一。比如时下北京有所谓“胡同游”，听说颇为外国朋友所喜欢。我自己是在胡同里住过将近四十年的人，深知普通平房生活之好处何在，坏处何在，仅以后者而言，做饭、取暖、上厕所之种种不便简直令人不堪忍受。电视里曾经有句广告词，说是“住进楼房多幸福”，听了不免心生感慨。至于胡同之如何富有情调云云，我们可就管不了那许多了。鲁迅写过一篇《风波》，讲文豪乘船驶过乡村，于是大发诗兴：“无思无虑，这真是田家乐呵！”其实满不是那么一回事。相比之下，这里所收文章虽然不免有前述过于戏剧性之处，总归是个中人的真实感受，说来要强得多了。

二〇〇一年十月二十三日

我的书评观

《现代汉语词典》将“书评”释义为“评论或介绍书刊的文章”，界定相当宽泛。也就由得咱们钻空子：评论过甚其辞，毕竟也在“评论”；介绍不得要领，到底还是“介绍”。这么说好像不大讲理，却未必不是当下情况；可是我向来不写时文，犯不上就此发甚议论。而且我自己写此类文章，也未必中规中矩。一般不大介绍所谈及的书的内容；除了真心推崇的作品之外，评论往往退诸相当次要位置，几乎说不说两可。从前苦雨翁喜欢讲：“我写序跋是以不切题为宗旨的。”（《〈长之文学论文集〉跋》）我做不到那么决绝，顶多是借题发挥。当然这也不容易，对所谈的书充分了解，才能“借题”；自家确实有话可说，方可“发挥”。我不知道是否真能做到如此；所写的多半不是正经书评，却是确定无疑的了。现在要写文章，并非经验之谈，不过陈述一点理想罢了。

我想到的只有三点：一，多所读书；二，要有感受；三，会写文章。——实在卑之无甚高论，但也不用故作惊人之语；书评之道，尽于此矣。这里后两点未免含糊，前一点尚能坐实，且来略作解释。所要读的首先是打算谈论的书。这当然是最低要求了；要求虽低，未必人人都能做到。赶上明眼人就看出来了，——所谓“明眼人”，也就是读完了那本书的人。不过以书评论，想讨这个巧也很难办到。譬如目下时兴“重新评价”。相对于前人的重新评价，必须以相对于前人的重新阅读为基础。重新评价即不受既定前提的限制，只有重新阅读才有可能做到此点。自己没有阅读经验，只好袭用他人原先的阅读经验；袭用时往往把前提也一并接受过来，结果还是人云亦云。说不了自己的话，于是说现成的话，或者是把现成话当成自己的话重说一遍。“人云亦云”的“人”指别人，也可以包括自己在内，凭借从前乃至儿时的阅读经验发议论，很容易沉溺于时代或自己当年的幼稚之中。所以这里谈到读书，应该真正从头开始。读过一本书才能议论一本书；如果把这个议论的范围扩大到该书作者，至少要读点他别种作品才行，否则讲话依据不足。这里只说“议论”，若要做出评价，那么还得再多读些书，横向上应包括其他作家的同类之作，纵向上凡对此书有影响者皆应涉猎。不然“开拓”或“独创”一类结论，就有可能下得过于草率。

以上所谈，对于写书评是必不可少的准备；打下这个底子，大家尽可以各擅所长，虽然真做到“要有感受”和“会写文章”，并非一蹴而就。彼此读同一本书，收获却各有不同；书评作者应该是个好的读者，也就是说，除用眼睛还得用心，用心又要真有所得。所谓感受就是这回事，而前述读书均指有感受地阅读。词典里把书评分为两类，如果没有感受，别提评论了，即便介绍也写不好。讲到感受，包括两层意思：对一个人来说，它是一番修养，或者一种能力；具体落实到阅读实践上，则关乎某一本书，乃至其中某一局部，某一细节。任何评价都是基于感受的，即便末了诉诸判断，也一定是由具体感受蕴藉而成。感受丰富，评价的当，还有一个如何表达的问题；文章写法，亦不能不有所讲究。此处不拟细说，然而写出好文章来，洵为一件幸事。

此种好文章我虽然无力写作，却也不少寓目。最推崇的书评作者，要数弗吉尼亚·伍尔芙和瓦尔特·本雅明两位。以上所谈近乎空论，如果参阅前者的《普通读者》两集和后者的《发达资本主义时代的抒情诗人》、《歌德的〈亲和力〉》、《弗郎茨·卡夫卡》和《讲故事的人》等，就都能落到实处，而且已经臻于理想境界。读书之事我们无法求证，然而有个入手处，可以倒推回去：他们笔下感受何其饱满深切，对所谈论的著作和相关书籍，显然是烂熟于心的了。无论奥斯丁、勃朗特姐妹，还是波德莱尔、卡夫卡，我们多少也算熟悉，可是没料到还能被两位讲得那么鲜活，那么深刻。过去有句话叫“人人心中皆有，人人笔下皆无”，此处却用之不上；不光人人笔下皆无，人人心中也无，有人说了你才明白过来，如此感受，方为上乘。本雅明的文章切入点每每奇特，真是别出心裁，抓住这样几个点，所谈论的对象也就尽在掌握之中了。而文章的切入点正是其感受最敏锐之处，由此开掘，所谈既独到，又充分。说来此人了解作家，亦复了解自己。对于伍尔芙来说，更重要之处也许在于讲述自己阅读感想的方式，或者说是态度。她的高雅气质统摄着她的深刻见解；反过来讲，有了如此见解，才由得她舒徐自在地表达出来。话说至此，已经谈到书评之为文章的要害所在，无非就是选择切入点和把握行文态度两项，要说各擅所长，伍尔芙和本雅明才担当得起这样的话呢。此外中外书评佳作当然还有许多，譬如前些时读到厚厚一册题为《二十世纪的书：百年来的作家、观念及文学》的《纽约时报》书评精选，所收文章实在精彩。人家怎么就那么会读，那么会想，又那么会写呢，有心写书评者不妨找来看看。

二〇〇二年七月十四日

卷二

二周“对”谈

周作人谈及自己与废名的作品，有云：“我的《永日》或可勉强说对了《桃园》，《看云》对《枣》和《桥》，但《莫须有先生》那是我没有。”（《〈莫须有先生传〉序》）在方法论上似乎对我们有所提示。虽然所说语焉不详，抑或纯然出乎感觉亦未可知。我想所谓“对”并非异同高下之计较，而是揭示其间一种对应关系。那么也来试用一下子，——姑且选定了周氏兄弟罢，且来看看他们有什么能够“对”上的。

一九三三年三月，天马书店同时出版了《鲁迅自选集》和《知堂文集》，两本书无疑可以一“对”。鲁迅所选包括小说、叙事散文和散文诗；周作人所选包括随笔、杂文和诗歌，又以讨论某些文化问题之作、闲适小品和所谓“别扭的写法”的杂文为主。这似乎显示了某种带侧重性的自我把握。一年后，同一出版社又印行了周作人的《苦雨斋序跋文》，不妨视为《知堂文集》的补遗。而继《鲁迅自选集》之后面世的《鲁迅杂感选集》，虽然出自何凝（瞿秋白）之手，却显然得到鲁迅认同，也可以算是该书的姊妹篇了。一九三三年七月青光书局出版《周作人书信》，则仿佛“对”着同年四月该出版社所出鲁迅和景宋（许广平）合著《两地书》，——周氏在《序信》中所说“这原不是情书，不会有什么好看的”以及“行年五十，不免为兼好所诃，只是深愿尚不忘记老丑，并不以老丑卖钱耳”，论家认为均系针对《两地书》而言。

以上所说，自忖较为可靠；其他则大多要凭感觉了，姑妄言之而已。一九一八年以降，周氏兄弟分别写有大量杂文，对社会现象、文化现象或具体人物事件多所针砭，看法接近，风格迥异，鲁迅有《热风》、《华盖集》和《华盖集续编》，周作人有《谈龙集》、《谈虎集》（上、下），其间不无对应关系。——或许后者还得加上一部曾经预告而又自行取消的《真谈虎集》才是，那里本拟收录“涉及个人的议论”，与《华盖集》正续编中许多篇章，更其相似。说来二人文集编辑方法原本不同，周作人几乎不曾采用鲁迅那种编年体，所以这里以集子作为代表，不过言其大略，容有些许参差。例如《雨天的书》、《泽泻集》皆以小品散文为主，却也有不少篇章可以归为《谈龙集》、《谈虎集》一类。

此后周氏兄弟思想发生很大变化，鲁迅是在一九二七年，周作人则要晚一年左右，这与二人所生活的地方政治环境不同有关。同为前期杂文创作的煞尾之作，鲁迅的《而已集》和周作人的《永日集》好有一比，——若将《而已集》中《答有恒先生》与《永日集》中《闭户读书论》对照地看，当知此言不妄。二人分别讲到自己有所醒悟，而这几乎就决定了他们的写作走向。鲁迅说：

“还想从以后淡下去的‘淡淡的血痕中’看见一点东西，誊在纸片上。”周作人说：“翻开故纸，与活人对照，死书就变成活书。”正是二人后来路数之真实写照也。

接下去鲁迅进入创作后期，周作人因为生活写作时间长得多，可以分成中晚两期。“对”虽近乎戏言，亦自有其前提，似应限于大致相当时间，所以其弟中期之后半和晚期，姑且忽略不计。二人此后文章，大家叫法不同，鲁迅通称杂文，周作人算是随笔。主要区别还在态度与内容，这里并不涉及此类问题，所以大可笼统一说。他们过渡到新的创作阶段，皆非一蹴而就，相对于以后的高产，都有一段时间写作较少，正是过渡景象。鲁迅的《三闲集》、《二心集》（以及《南腔北调集》之一九三二年所作部分；而《三闲集》中写于一九二七年者，则应与《而已集》看成一事），周作人的《看云集》，体现了更多收获之前的酝酿过程。鲁迅从一九三三年起，周作人从一九三四年起，分别迎来这一收获时期。前者有《伪自由书》、《南腔北调集》、《准风月谈》、《花边文学》、《且介亭杂文》、《且介亭杂文二集》和《且介亭杂文末编》，共计七种；后者有《夜读抄》、《苦茶随笔》、《苦竹杂记》、《风雨谈》、《瓜豆集》、《秉烛谈》和《秉烛后谈》，也是七种。鲁迅于一九三六年十月病逝，而周作人之高产时期则延续到一九三七年秋季。以上各时间点，他较之哥哥恰恰一律错后一年。当然“高产”并非“高峰”的同义词，譬如我看鲁迅，杂文的最高成就当数《华盖集》正续编，后期则以末了所写三种更其深刻从容，可惜突然去世，遏止了他的又一创作高峰。至于周作人，其中期作品的确超过早期，正如郁达夫所说："一变为枯涩苍老，炉火纯青，归入古雅遒劲的一途了。"（《〈中国新文学大系散文二集〉序》）

话说至此，仍是就同一类别文字而言，然而开头所引周氏的话，却是跨文体的。他的意思，实际上是说位置相当，就像关羽使刀，张飞用枪，正好形成一"对"一样。鲁迅著有短篇小说（《呐喊》、《彷徨》和《故事新编》）、叙事散文（《朝花夕拾》）和散文诗（《野草》），这些周作人绝少写作；周作人著有文学理论（《艺术与生活》、《中国新文学的源流》）、小品散文（《自己的园地》、《雨天的书》和《泽泻集》）和新诗（《过去的生命》），这些鲁迅也不多涉猎。附带说一句，周作人的小品散文，与其中期以后所作随笔更具源流关系。这些不妨分别置诸"对"之两端，——若论意义，也许不亚于前述有关杂文随笔的对比。一九一八年二人分别以小说《狂人日记》和论文《人的文学》震撼文坛，已可看出就中端倪了。鲁迅还有一部《坟》，算是论文集，就其后半即白话文部分而言，却不宜与《艺术与生活》相提并论，说来还是杂文，但与《热风》等又有不同，蕴蓄较之感兴的成分更多。后期他也有此种文章，如《病后杂谈》、《病后杂谈之余》等。可以与之相"对"的，是周作人三十年代以后所写《穷袴》、《关于活埋》、《赋得猫》、《谈文字狱》之类文化批判作品（他自己称为"古怪题目"）。至于鲁迅的《集外集》

（杨霁云编）、《集外集拾遗》，周作人该说“那是我没有”了，因为他收集自己作品的尺度不同，更愿意把大量一时感想之作留在集外，前述之《真谈虎集》终于有目无文即其一例。通过编定集子，其一愿意呈现“真实的我”，其一愿意呈现“理想的我”。此外鲁迅的《中国小说史略》可以“对”周作人的《欧洲文学史》，周作人整理的《苦茶庵笑话选》可以“对”鲁迅整理的《古小说钩沉》、《唐宋传奇集》、《嵇康集》等，分量或有轻重，彼此兴致趣味不同，也是显而易见。值得一提的尚有各自的翻译作品，不过且留待下回再说罢。

二〇〇二年二月十七日

我读鲁迅

近日重读李欧梵著《铁屋中的呐喊》，这是关于鲁迅少有的极有见地的一本书，尤其是讲到《呐喊》、《彷徨》、《故事新编》和《野草》时；不过论述杂文一章，却似乎不无可议之处。——当然这里不是要“议”他，我想谈谈自己爱读鲁迅杂文的原因之一；然而不免要与李氏唱一点反调。他说：“……尽管极有文采，这篇文章，以及其他许多个人攻击的文章，究竟有多少长存的价值，却是令人怀疑的。特别是当被攻击者以及当时上海文坛的情况在历史上渐渐退色以后，后来的读者，不论是国内国外的，已不再熟悉三十年代初的人和思想上的龃龉以后，他们是否还会爱好这些‘战斗的’杂文中充满着的尖刻？”我也算得一个“后来的读者”，但是所特别爱好的，恰恰正是他表示怀疑者；直截了当地讲，我醉心于鲁迅的思维方式和行文方式，觉得那是人间少有的智慧。至于“被攻击者以及当时上海文坛的情况”、“三十年代初的人和思想上的龃龉”，大概知道一点儿，不过其实并不重要，甚至根本就无所谓。

说来鲁迅的思维方式和行文方式，李欧梵也都看在眼里，所说“鲁迅后期的特别是为论争目的而写的那些杂文，主要是辛辣的讽刺。它们尖刻、好斗，带有摧毁性，甚至是刻毒的，直接指向他的真正的或想象的敌人。……此外，或许还可以加上有意扭曲、断章取义地引用对手的论述，并对其观点加以夸大”一番话，的确是鲁迅杂文方法论的神髓所在。不过他不喜欢就是了。然而抹杀了这个，鲁迅杂文几乎就不能成立。李氏以人性为尺度，而鲁迅超越人性之上。至于他另外津津乐道的“隐喻方式”或“抒情隐喻方式”，恐怕还是拿寻常看散文的眼光来看杂文；尤其讲到鲁迅杂文，这虽然也是好处，究竟不是最主要的。

我觉得最能充分显示鲁迅这方面特色的，首推《华盖集》和《华盖集续编》，这两本书加上《坟》的后半部分，堪称鲁迅杂文的顶峰之作。不过这在后期作品中仍然沿袭不少。前引李氏话里提到的“这篇文章”，指收入《二心集》中《“丧家的”“资本家的乏走狗”》。恰如他所说：“……而鲁迅的文章却继续肯定这种辱骂，而且就用梁实秋自我辩护的话，用一种怪诞的逻辑略加扭曲和引申，给予他进一步的伤害。”这正是鲁迅的思维方式和行文方式的核心所在。鲁迅文章的魅力，文章的美，很大程度上是来自于此。附带说一句，后来模仿鲁迅之辈，所不曾（或曰不能）学到的也在这里。

鲁迅的思维方式和行文方式体现为其独有的逻辑性，而供这一逻辑所使用的材料，却往往取之于论战对手。对鲁迅来说，对手任何话语几乎都可以成为此种材料，——最好你别说话，一说话你就错。而且无拘你是什么姿态，什么手段，在鲁迅的智慧面前，简直防不胜防。所以我读鲁迅，感觉他一方面总那么敏感，或者说紧张，对手一举一动都在其密切关注之中；另一方面又是轻松的，因为看出别人的破绽，对他来说太容易了。读鲁迅文章，常常使我想起《水浒》里的描写，譬如“林冲棒打洪教头”一节，洪教头气势汹汹，摆足架式，连喊“来”、“来”、“来”；然而“林冲看他脚步已乱了，便把棒从地下一跳，洪教头措手不及，就那一跳里，和身一转，那棒直扫着洪教头臁儿骨上，撇了棒，扑地倒了”。最妙的是跟着就写“柴进大喜，叫快将酒来把盏”，如此简捷了事，何其潇洒快意。鲁迅文章，就有这份大气，这份从容。

时过多年，梁实秋提及鲁迅，仍然耿耿于怀。原因之一，大概在于鲁迅文章对他表现出极端轻蔑的态度。这恐怕成了笼罩他一生而他始终不明就里的噩梦。鲁迅对中国历史与文化体会最深，艺术才华又极大，所以最瞧不起平庸之辈；而当论战发生，不管对手是谁，他首先把你置于平庸之辈的境地。也就是说，根本不让你登台，不允许你在真正对话的层面上存在。严格说来，鲁迅与梁实秋等之间所发生的算不上什么“论战”，只是鲁迅对于彼辈的彻底颠覆，亦即“带有摧毁性”的打击。这得力于前述思维方式和行文方式，也就是鲁迅独有的逻辑力量。因为掌握这种力量，他更喜欢从些许小处下手，最终起到的却是整体上的颠覆作用。好比扯动脚下一块砖，整尊塑像都倒塌了。譬如《二心集·“硬译”与“文学的阶级性”》，也是针对梁实秋的，在引述梁氏“我们‘硬着头皮看下去’了，但是无所得”和指出“梁先生自认是一切中国人的代表”后，他说：“第一，梁先生自以为‘硬着头皮看下去’了，但究竟硬了没有，是否能够，还是一个问题。以硬自居了，而实则其软如棉，正是新月社的一种特色。第二，梁先生虽自来代表一切中国人了，但究竟是否全国中的最优秀者，也是一个问题。”如此则梁实秋的批评者形象已经土崩瓦解，他说什么也是不成道理的了。这是鲁迅最“刻毒”的一招，最早大概用在《估〈学衡〉》（收入《热风》）中，那里他上来就说“很诧异天下竟有这样拘迂的老先生，竟不知世故到这地步，还来同《学衡》诸公谈学理”，而他以为“只要估一估就明白了”。现在使的也是这法子，不过更其恣意自在。

二〇〇一年八月二十六日

“苦雨斋译丛”总序

从着手整理《希腊神话》算起，已经足足过去五个年头；“苦雨斋译丛”一共也有三百万字了。这回《欧里庇得斯悲剧集》和《路吉阿诺斯对话集》问世，周作人最重要的古希腊文和日本古典文学翻译作品已经出版完毕。——我说“最重要的”，自是相对而言；他所翻译的日本现代文学作品和英语作品当然也有价值，其中劳斯著《希腊的神与英雄》（文化生活出版社，一九五〇年一月）以及韦格耳著《希腊女诗人萨波》（上海出版公司，一九五一年八月），更可以视为对古希腊文翻译的补充，不过重头戏总归是在这里。另外，“已经出版完毕”乃就存世者来说，散佚的不在其列，而这并非少数：古希腊文有希罗多德《史记》第一卷和第二卷前九十八章（译于一九五一年七月至一九五二年一月），约十万字之谱；日本古典文学有为《狂言选》所增订的三十五篇（译于一九五九年八月至九月），和《平家物语》的第七卷和第八卷的一部分（译于一九六六年四月至七月），前者据译者日记记载，“计十一万五千字”，后者亦有五万来字。尽管如此，现在仍可总说一句，“苦雨斋译丛”体现了翻译家周作人的主要成就。此外需要说明的是，其中绝大部分（除只有印本存留的《希腊拟曲》、《财神》、《伊翁》、《厄勒克特拉》和《腓尼基妇女》外）都依译者手稿印行，恢复了此前印本被删改的部分，而只有在此基础之上，才能真正谈论周氏的翻译成就。

周作人是以文学家、思想家而兼作翻译家的；受众（无论论家还是读者）要一下子把这些身份全盘接受下来，恐怕并非易事。结果，思想家周作人为文学家周作人所掩，翻译家周作人又为文学家、思想家周作人所掩。迄今为止，“翻译家周作人”才为学者刚刚留意，所谈犹嫌浅尝辄止。周氏的翻译几占其作品总量的半数，自不宜等闲视之；虽然多属古典，难入时眼。如欲加以研究，所要求于研究者的又较之他种研究为高，起码要懂希腊和日本两门外语。至于我们推出这套“苦雨斋译丛”，不过是给希望阅读和计划研究者提供一点便利罢了，然而于愿足矣。

我曾把周作人的文学生涯分为早中晚三期，分别以三十年代初和四十年代中为界限；他的翻译生涯若也照此划分的话，那么主要贡献是在晚期。从一九四七年春夏之交首次迻译《希腊的神与英雄》（译稿遗失）起，到一九六六年七月八日被迫中断《平家物语》译事止，十九年里共得将近四百万字；与此同时，还有著作约二百万言。如果想想这些成自老人六十二岁至八十一岁之间，我们合该慨叹其创造力之旺盛，之持久了。“苦雨斋译丛”所收，除《希腊拟曲》外，均为此期出品。“晚期周作人”是个大题目，无如论家尚未多所顾及。

现在来看周译古希腊文和日本古典文学作品，特色大概有三：一是选目，一是译文，一是注释。译文质量我们外行人无力评衡；但这些译作一时难以取代，却是显而易见的了。注释向为译者所重视，在译作中占着很大比例，不妨看作有关古代希腊和日本的重要研究成果。周氏当时置身主流话语体系和正统思维方式之外，反而保证了这些注释不受时代局限，价值历久不衰。至于选目，一概都是经典之作，取舍精当自不待言，其中却也有所分别。周氏后来为出版社译书，按月预支稿费，选目并非完全自行决定；不过纯然受命者却是没有，只要看看他日记中记着曾经拒绝多少题目就明白了。说来还都是愿意译介的作品，只是对就中某些，意愿更其主动而已；此种区别与原作价值无关，但在译者自己兴趣如何。他曾在《八十心情——放翁适兴诗》一文中说：

“不过我有一种偏好，喜欢搞不是正统的关于滑稽讽刺的东西，有些正经的大作反而没有兴趣，所以日本的《古事记》虽有名，我觉得《狂言选》和那《浮世澡堂》与《浮世理发馆》更有精采。希腊欧里庇得斯的悲剧译出了十几种，可是我的兴趣却是在于后世的杂文家，路吉阿诺斯的对话一直蛊惑了我四十多年，到去年才有机缘来着手选译他的作品，想趁炳烛之明，完成这多年的心愿，故乡有儿歌云：‘二十夜，连夜夜，点得红灯做绣鞋。’很能说出这种心情。”

如果把“苦雨斋译丛”所收大致分为兴趣浓厚和稍逊一筹两类，古希腊文译作中，《路吉阿诺斯对话集》、《希腊神话》和

《希腊拟曲》当属前者，《伊索寓言》、《财神》和《欧里庇得斯悲剧集》当属后者；日本古典文学译作中，《狂言选》、《浮世澡堂》和《浮世理发馆》当属前者，《古事记》、《枕草子》和《平家物语》当属后者。周氏最感兴趣、极愿翻译者，的确都是“关于滑稽讽刺的东西”，无拘古希腊还是日本，其间颇具相通之处；同时又“不是正统的”，在文学史上地位并不特别显赫。这正是周氏非比寻常的眼光所在，此类译作因此也就不应仅从翻译方面考虑，以研究周作人审美趣味和文学价值取向而论，恐怕也很值得重视。

上述译作之中，《路吉阿诺斯对话集》特被译者强调，乃至在一九六五年四月二十六日拟定的遗嘱中说：

“余一生文字无足称道，唯暮年所译希腊对话是五十年来的心愿，识者当自知之。”

那么此书对于周氏的意义，又不限于兴趣所系了。说来路吉阿诺斯“非圣无法”的精神，与译者的毕生追求正相契合；在不能通过写作坦陈见解时，正不妨“借他人之酒杯，浇自己的块垒”；路吉阿诺斯之被推重，或有深意在焉。该译本实是那个时代的异数之一；对于研究周作人思想，也具有特别价值。如果要写“知堂晚年定论”一类文章，《路吉阿诺斯对话集》是不能忽略不计的。

“苦雨斋译丛”原拟分一、二、三……辑，现将周氏的古希腊文译作统编在一起，与日本古典文学那一辑并行。此辑之中，《全译伊索寓言集》长期口头流传，情况较为复杂；《欧里庇得斯悲剧集》成于公元前五世纪；阿里斯托芬（周氏译为阿里斯托法涅斯）的《财神》成于公元前四世纪；海罗达思、谛阿克列多思的《希腊拟曲》约写在公元前三世纪；《希腊神话》（原名《书库》）系后人托名阿波罗多洛斯之作，年代或为公元一世纪时；《路吉阿诺斯对话集》则是公元二世纪的作品。《财神　希腊拟曲》等三种先曾印行一回，当时我只推荐书目，并未参与编校工作，故不敢僭居主编名义。此次再版，乃有机会订正错讹，并补作跋文，介绍当年翻译经过。各书面世在即，敬候高明批评指正。

二〇〇二年十月十一日

读《莫须有先生传》

一

一九三〇年五月十二日，废名与冯至合编《骆驼草》周刊面世，废名所著《莫须有先生传》开始连载。至同年十一月三日出毕第二十六期终刊止，共发表十一章，即后来出版单行本之一至九章，十一章和十二章。单行本之第十三章和第十四章，一九三一年以《行云章》和《续行云章》为题，分别刊登于《青年界》一卷四期（六月十日出版）和二卷二期（九月二十日出版）。第十章和第十五章似乎不曾单独发表。由此可知，该书写作大致分为《骆驼草》时期和其后两截。怪得鹤西在《谈〈桥〉与〈莫须有先生传〉》中说：“全书十五章，到十二章止算一部分，以后又是一部分。前边的文章如石民君所说，确是生气虎虎，好比一棵小树，它不晓得一年可长出多少枝叶，到后边来，则文章像是棵老树了，宁静的，它完全有在几个主枝上着叶开花的把握。”估计为后来补写的第十章，文体也与前后略显差异。至于全书完成时间，废名所作《〈纺纸记〉前记》说：“去年重九，将《莫须有先生传》草草完卷之后，跑到南边走一趟，……”“去年”系一九三一年。一九三二年十二月，《莫须有先生传》由开明书店出版。

此前废名著有短篇小说集《枣》。其中部分篇章，可以看作《莫须有先生传》的雏形。如《卜居》（一九二八年十一月八日作）云：“A君是诗人。因为要做诗，所以就做隐士，就——用一个典故就‘卜居’。其实他已经从首善之区的街上卜到首善之区的乡下来了，……”所述正是莫须有先生的行事。又《墓》（一九三〇年一月十二日作）云：“邻居是一些满人，生活苦行为则大方，尤其是女人和姑娘们，见面同我招呼，那话就说得好。”莫须有先生的环境亦是如此。彼此描写也不无相同之处。《卜居》与《墓》均取材于作者自己的生活，正与《莫须有先生传》相当。

周作人在《小说的回忆》中说：“十多年前，莫须有先生在报上写过小文章，对于《水浒》的憎女家态度很加非难，……”所指即为废名。作者自己也曾明确表示：“我这个人，同我的一部小说上的主人公差不多可笑，对于自己的行为总是有点儿悲观，即是说怕寒伧，……”（《闲话》）以后写《莫须有先生坐飞机以后》，他更径直自称“莫须有先生”。这提示我们，作者与这一人物之间，可能较之一般原型关系密切得多。“我于民国十六年之冬日卜居于北平西山一个破落户之家，荏苒将是五年。”（《今年的暑假》）某种程度上废名描写了自己的一段亲身经历。

《莫须有先生传》开篇讲“反正我是不一定拼命反对索隐这

个学说的”，那么我们不妨来试一试。第三章莫须有先生自称“我是南方人”，第四章房东太太说：“你的话也并不难懂，只是还带了一点湖北调子。”作者正是湖北人士。周作人在《怀废名》中说：“在《莫须有先生传》第四章中房东太太说，莫须有先生，你的脖子上怎么那么多的伤痕？这是他自己讲到的一点，此盖由于瘰疬，其声音之低哑或者也是这个缘故吧。”又同一章莫须有先生说：“我生平最不爱打拳，静坐深思而已。”也与周氏该文记述相符。第十二章房东太太说：“不久以前那个巡警来问你有多大年纪，……我说了莫须有先生有三十岁。”恰好是废名开始写作此书时的岁数。

第一章讲到莫须有先生的住所，“门前四株槐树而已”。一九二九年十月十三日，周作人给废名的信中说：“现迁居山北，不知四棵槐树的地方尚兼租着以备回去，抑以后就定居北营乎？”（《与废名君书十七通》）可见此乃事实。第四章又提起这些树：“我的意思只不过是羡慕这四棵树不小，——我常想，今之人恐怕连栽一棵树的意思也没有了，目光如豆。”几年后作者为《世界日报》“明珠”栏写随笔，此意复见于《陶渊明爱树》，其中有云：“‘余迹寄邓林，功竟在身后’，是作此诗者画龙点睛。语云，前人栽树，后人乘荫，便是陶诗的意义，是陶渊明仍为孔丘之徒也。”

《莫须有先生传》不少想法，作者此前此后均曾著文谈及。第十章说：“就好比杠房的执事人等，你们总看见过，那些瞌睡虫真有个意思。”《北平通信》也讲到此事，且谓：“十年以前我同一位北大同学谈到北平杠房的人物，他对于我的话颇有同感，他另外还告诉我一件有趣的事情，我曾记录下来作了一点小说材料，他说他有一回在北大一院门口看见人家出殡，十六人抬一棺材，其中有一人一样的负重举步，而肩摩踵接之不暇他却在那里打瞌睡。”又第十二章提起哈姆莱特遗言“The rest is silence”，并说：“昨天我还做了一篇文章，就用了这一句英国话，很是sentimental，……”此文题曰《随笔》，比该章早一期发表在《骆驼草》上。第三章说：“前朝有个东方朔小孩子你晓得吗？他跑到王母娘娘的花园里，大施其狡狯，……”东方朔故事为作者素所喜欢，所作《神仙故事（二）》有详尽发挥。第十一章说：“什么都照样不动，什么都只要个人儿来看，画屏金鹧鸪一点也没有褪色，点之恐其飞去矣。”系化用温庭筠《更漏子》词意，《谈新诗·以往的诗文学与新诗》中也有相近讲法。

附带说一句，联系废名其他文章，或有助于理解《莫须有先生传》。譬如第十一章莫须有先生写情书，有云：“文章倒是真做得好，要不是有心人他就以为是滥调，……”如果体会他后来在《谈用典故》和《再谈用典故》中的主张，当知此处说的并非反话，文章乃用庾信笔法，即如其所说：“中国的好文章，要有典故才有文章。”

书中间或叙及作者师友之事。第五章说：“有一位老汉，同我相好，他说他愿得一枝百战钢枪挂在他的凤凰砖斋壁上。他原是江南水师出身。”指的是周作人。所云周氏意愿，见所著《泽泻集》中《钢枪趣味》一篇。又第一章末尾讲到“顺便有一桩事，关乎一位更年青的诗人”，鹤西在《怀废名》中说：“《莫须有先生传》里说的‘见面就握手，不胜亲热之至’的小朋友就是我，当时我确有一个小小的金属镜框的 Keats 像摆在桌上，他也的确说过‘这个穷鬼他也穿西服’的话，当时我并没有介意也没定做衣服的事，文章说的完全是他的自省，……”

另一方面，《莫须有先生传》第三章中当房东太太谈到皇帝“给你们一个姓冯的轰走了”，莫须有先生断言：“我并不姓冯。”似乎又警示读者，不要简单地在莫须有先生与冯文炳即废名之间画上等号。至于作者在《莫须有先生坐飞机以后》中所说：“《莫须有先生传》可以说是小说，即是说那里面的名字都是假的，——其实那里面的事实也都是假的，等于莫须有先生做了一场梦，……”则可以对应《莫须有先生传》第九章的话来看：“我是这样的可怜，在梦里头见我的现实，我的现实则是一个梦。”我们与其关注莫须有先生或废名的现实，不如关注他的梦。《莫须有先生传》的确取材于作者自己的生活，然而在现实层面之上还揭示了一个精神或感悟的层面，而莫须有先生体现了作者的理想状态。这是废名的一部精神自传。

二

周作人在《怀废名》中说:“这一期间的经验(按指移居西山)于他的写作很有影响,村居,读莎士比亚,我所推荐的《吉诃德先生》,李义山诗,这都是构成《莫须有先生传》的分子。”多年后作者在《〈废名小说选〉序》中也说:“就《桥》与《莫须有先生传》说,英国的哈代,艾略特,尤其是莎士比亚,都是我的老师,西班牙的伟大小说《吉诃德先生》我也呼吸了它的空气。”《莫须有先生传》第六章讲他所带“两部好书”,“一是英吉利的莎士比亚,一是西班牙的西万提斯”,言语之间,对后者似乎更其重视。此书写作,深受《堂吉诃德》的影响。

作者曾在《墓》中说:“小毛驴一走一颠簸,赶驴子的一脸的土,很是诙谐的样子,自己便仿佛是‘吉诃德先生’一流人物了。”犹如事先描绘了《莫须有先生传》第一、二章情景,且已确认莫须有先生与堂吉诃德之间的对照关系。小说中莫须有先生所得种种考语,如:“莫须有先生,你简直是一个疯子。”(第二章)又如:“总之你这孩子的事情完全莫名其妙。”(第九章)与堂吉诃德给人留下印象完全一致。他们都是不合时宜的人物,只是莫须有先生更其内心化罢了。《莫须有先生传》作为一部精神自传,实际上作者是通过莫须有先生这一形象,表达了对堂吉诃德的契合之感。

除了主人公之外，《莫须有先生传》的基本框架与《堂吉诃德》颇为相似。这里要提到一位常被忽略的人物。作者说：“然而首先总得把‘莫须有先生的房东太太’介绍过来，其价值决不在莫须有先生以下，没有这位莫须有先生的房东太太，或者简直就没有《莫须有先生传》也未可知。”（第三章）此语不妨联系他另一段话来理解：“我想，不但骑士出游应该有一个 squire，《吉诃德先生》没有山差邦札（按通译桑丘·潘沙）一定是写不好的。”（《无题》）《莫须有先生传》中房东太太这个人物的设置，正如同《堂吉诃德》中桑丘的设置；房东太太与莫须有先生的关系，也类似桑丘与堂吉诃德的关系，——莫须有先生与房东太太是这部小说贯穿始终的一对人物，他们之间的关系构成了作品的主要线索。

第六章中二人有番对话，可以为此推论提供佐证。莫须有先生说：“现在一切事都决定了，将来我的故事一天好看一天，我们两人从此相亲相爱，让我在人世无奇之中树它一个奇迹。说不定世界会忽而发达起来，那你就同我一路获得群众了。”房东太太说：“你这是什么话？你难道还有什么野心不成？我只要碗小米粥喝。”莫须有先生又说：“说得好玩的。人生的意义在哪里？就在于一个朋友之道。前人栽树，后人乘阴，互相热闹一下子，勉励勉励，不可拆台，后之视今亦犹今之视昔也。”强调彼此关系的重要性之外，更揭示了二人的不同立场：莫须有先生是理想的，而房东太太是现实的，这也使人联想到堂吉诃德与桑丘。第十二章房东太太说："别及，咱们都是自家人，用不着，日子长着哩，现在我晓得你手下并没有钱，等将来莫须有先生发财的时候，怕不多花莫须有先生几个？我们两个老夫妻，孤苦伶仃，活到七十八十又那是有准儿的事？那才真是受罪哩，到那时就全靠莫须有先生照顾照顾。"在《堂吉诃德》中，桑丘对于堂吉诃德同样满怀希冀。

莫须有先生是一个精神漫游者，有如堂吉诃德之远行寻觅已消逝的骑士王国；房东太太有如桑丘是个陪伴角色——他们既是追随者，又对所追随的人时而予以批评。从某种意义上讲，桑丘比堂吉诃德清醒得多，房东太太较之莫须有先生也是这样。在第六章中，她说："莫须有先生，你以后多谈点故事，不要专门讲道理，那是不容易叫人喜欢听的，而且你也实在不必要人家听你的道理，人生在世，过日子，一天能够得几场笑，那他的权利义务都尽了。"这是作品中不同于莫须有先生的另一视点。然而她始终游移于莫须有先生的批评者与追随者之间，所以接下去又说："我可怜你，这么年青青的，这么的德配天地道贯古今，这么的好贞操！"

有时房东太太甚至超出自己的实际身份之外，仅仅代表了这一不同于莫须有先生的视点。第六章中她说："好孩子，能够寂寞那就好了。我看你刚才说话的神气我很有点躭心，我怕你超出写实派的范围以外。人生是没有什么可以叫作一个醉字，那只是一个不得已的糟踏，在艺术上也难免不是一个损失，好比你的故事在我看来就没有讲得好玩，恐怕就因为你此刻的气候不适于讲故事，那实在要同游手好闲的人茶馆里谈天一样才好。你的心事我也不必问，我只是想劝你一劝，血气方刚，戒之在斗，暴虎凭河，吾不与也。这个斗字的范围是很广的，不必是好勇斗狠。忍耐过去就好了。”第九章中则说：“我劝你以后要检点一点，不要老是那么得意，——我看你的生活其实也未必快活，只是自己动不动会扮个丑脚样儿，结果人家以为你就是神仙，谁也不躭心你，……”此种时候，似乎人物已经不成其为人物，就连莫须有先生也常常如此。然而我们别有解释，留待下文再说。

在房东太太身上，时而体现着作者某种倾向性，——这一点也与塞万提斯对待桑丘的态度相仿。第五章中曾借莫须有先生之口赞叹道：“房东太太，我真真的佩服你们。吃饭既然是那样的艰难，而屋子打扫得如斯之大雅，而一件古旧的夏布衫儿，这么的好铜钮扣，也决不拿去打鼓，殊为莫须有先生理想中的人物，人世真是好看多了。”书中另有个近乎否定的角色三脚猫太太，仿佛专门为了与房东太太形成对比而安排的。

顺便讲到第三章中，莫须有先生与房东太太初次相逢于果园，凑巧她在小便之事。当下莫须有先生说：“那一位老太婆，你蹬在那里干什着？如果是解溲，那是很不应该的，这么一个好杏林，总要让它寂寞一点总好，不必拿人世的事情来搅扰它，何况你这个举动不一定好看，……”也许应该从前述两位人物既对应又一致的关系着眼，莫须有先生无非借此申明自己超越现实

（“不必拿人世的事情来搅扰它”）与重视审美（“这个举动不一定好看”）的基本立场而已，从而展现彼此之间有所不同。不过接下去写道：“话虽如此，这位解小溲之人面红耳赤了，她只是老羞成怒了，她是一个最讲体面之人。”似乎又在强调一致之处，那么若说双方自此开始心领神会亦无不可。

三

《莫须有先生传》素以难懂著称。难懂是读者的感觉，论家则谓之“晦涩”，进而又断定为“失败之作”。我想也许问题在于读法。朱光潜说：“把文学艺术分起类来，认定每类作品具有某几种原则或特征，以后遇到在名称上属于那一类的作品，就拿那些原则或特征为标准来衡量它，这是一般批评家的惯技，也是一种最死板而易误事的陈规。”又说：“但是真正的艺术作品必能以它们的内在价值压倒陈规而获享永恒的生命。”所强调的是读书要参活法，不参死法。俗话说“求同存异”，求同容易，存异却难；求同而不存异，多半趋同陈规。一本书有一本书的写法，一本书也有一本书的读法；读者读法最终要与作家写法相默契。废名在自序中说：“若说难懂，那是因为莫须有先生这人本来难懂，所以《莫须有先生传》也就难懂，然则难懂正是它的一个妙处，读者细心玩索之可乎？玩索而一旦有所得，人生在世必定很有意思。”正提示我们不妨另换一副眼光。

《莫须有先生传》出版时，周作人写有序言。将近一年后，他给作者写信说：“前晚昨晚无他事，取贵《莫须有先生》从头重读一遍，忽然大悟，前此做序纯然落了文字障，成了《文心雕龙》新编之一章了。此书乃是贤者语录，或如世俗所称言行录耳，却比禅和子的容易了解，则因系同一派路，虽落水有浅深，到底非完全异路也。语录中的语可得而批评之，语录中的心境——‘禅’岂可批评哉，此外则描写西山的一群饶舌的老娘儿们，犹《吉诃德先生》之副人物亦人人可得而喜乐欣赏之者也。前序但说得‘语’，然想从别方面写一篇亦不可得。”（《与废名君书十七通》）世人以小说评衡此书而不得，周序以文章估量此书而未竟，这里所论却是深入一层；《莫须有先生传》亦说：“莫须有先生又仰而大笑，我是一个禅宗大弟子！”（第十章）与此正相符合。前引朱光潜的话出自一篇评论《桥》的文章，其中还说：“这书虽沿习惯叫作‘小说’，实在并不是一部故事书。”而《莫须有先生传》更是如此。

《莫须有先生传》大概不应当作小说来读。自始至终是莫须有先生在讲妙悟，而房东太太做了他的听众，——这是该书的基本框架，两个人物所以同等重要。在某种程度上它好比禅宗公案，废名写的是一己的参悟过程。在公案中，对话都是非常规的，不合逻辑的，这里也有几分相似；莫须有先生乃至房东太太所言，不无机锋成分，不能完全等同于寻常小说中那种对话；他们也不能完全等同于寻常小说中的人物。禅宗又有“第一义”与“第二义”之说，写出来的是第二义，而第一义只能悟得。据此，《莫须有先生传》所写的一切，不可能具有终极意义。以寻常小说视之，或以终极意义求之，觉得“晦涩”或“失败”也就不足为奇。此外还当说明一句，该书本意不在反映生活，包括莫须有先生自己的生活在内；涉及局面大小，也许不是问题。

妙悟本来不可言说，我们姑且讲一头一尾，——尾亦不真是尾，仍然是头而已。第十章中有云：“莫须有先生只好自分是一个世外人。抱膝而乐其所乐道，我倒不管闲事，有时也有点好奇而已，然而好奇就是说这里无奇，我也并不就望到恒星以外去了。我虽然也不免忿忿，但我就舍不得我这块白圭之玷，不稀罕天上掉下一块完璧，你听说那里另外有一个地球你也并不怎样思家不是？只有这个仇敌与友爱所在之处谁也不肯走掉。”这可以视为他的出发点所在。莫须有先生是由艺术家进而成为哲学家。就前者而言，他自称“厌世派”（第三章），不肯沉溺于现实生活，而在超越其上的美的境界流连忘返，就像第四章中所写：“莫须有先生不进，贪看风景，笑的是人世最有意思的一个笑，很可以绘一幅画了。”此时他感到：“我站在这里我丰富极了。”就后者而言，他自称“理想派”（第七章），并不放弃“人世”这一基础，念念在兹者仍是：“人之所以异于禽兽者几希，但也就太大，克己复礼为仁，仁者人也。一切都基于这一个人字。一个人字里头自然有个己字。所谓文明盖亦在此。”（第九章）莫须有先生遁世而不离世，不在现实层面而在整个人类社会的层面思考问题；所寻求的是一己之道，也是世界之道，人类之道。

《莫须有先生传》可以看作一部公案，最末一章单独说是一部公案亦无不可。此处却是另有依据，即《庄子·齐物论》开头一段："南郭子綦隐机而坐，仰天而嘘，荅焉似丧其耦。颜成子游立侍乎前，曰：'何居乎？形固可使如槁木，而心固可使如死灰乎？今之隐机者，非昔之隐机者也。'子綦曰：'偃，不亦善乎，而问之也。今者吾丧我，汝知之乎？'"房东太太所说："呦，莫须有先生，你今天怎么这个样子，颜色枯槁，……"仿佛"荅焉似丧其耦"；此前所述"至此莫须有先生大吃一惊，今日之我完全不是昨日之我矣，明镜无所自用其认识矣，十年不能信解之道一旦忽然贯通之矣"，仿佛"今之隐机者，非昔之隐机者也"；莫须有先生回答房东太太的话："此刻第一句我要告诉你的用世俗之言语是生离死别之事。"仿佛"今者吾丧我，汝知之乎"。"生离死别"又使我们想到《堂吉诃德》，相比堂吉诃德最后的死，好像也是有意味的对照，然而作者特地找补一句："今日之事，投身饲虎，一苇渡江，完全是个精神上的问题。"则仍是得了"吾丧我"的神髓。此章之中，发生两桩偶然之事：一位少女的死，以及打破一个花瓶，莫须有先生因此大彻大悟：

"于是奇怪奇怪，莫须有先生这一迟疑，万顷思想都聚中了，圆一个大圆宝镜，里面排了几个人人字，我们站在地球上去望一下，却又是我们的文字：

"'唉唉，余忠于生命，今日目此生命为无知也。'

“于是又空山不见人但闻人语响——

“‘《莫须有先生传》是一笔流水账，可付丙。’”

“目此生命为无知”，说是将此前所想一笔勾销也罢，说是由此前所想更进一步也罢，——反正已经明白了，也就无须再想，此之谓悟也。“《莫须有先生传》可付丙”，正是《庄子·外物》所谓“言者所以在意，得意而忘言”。

四

前面提到房东太太的视点不尽同于莫须有先生，其意义大约还不限于房东太太本身。莫须有先生也时常离开一己立场，表现出一种自省甚至自嘲的态度。第三章中说：“唉，老太婆，糟糕极了，我竟得意忘形，总是想表现自己，实在是我的浅薄。”第九章中则说：“记得曾经有个‘黄毛丫头’这样给了我一个当头棒，说，‘你那里是爱人呢？都是表现你自己！’你看这话怎么说得清，令我一惊不小。”有时作者作为叙述者现身说法，也与莫须有先生保持一定距离，譬如：“然而莫须有先生想招呼他而又不肯招呼，此来我本是自寻孤独，又何必同一个盲人打岔呢？或者我就把他当作‘自然’也好，莫须有先生，你骄傲你的罢，你实在也同萤火一样我一点也看不见。言罢莫须有先生哈哈大笑，始终还是让我做了一个批评家，把他大骂一顿了，……”（第十三章）这里提到“或者我就把他当作‘自然’也好”，正是于自我之外树立一个“自然”视点，好比小我之外看见大我，于是不复固守一己之价值取向，由此进到“余忠于生命，今日目此生命为无知也”和“《莫须有先生传》是一笔流水账，可付丙”，也就顺理成章了。悟的意义在于消融一端，归诸无限，无论这一端是什么；对莫须有先生和《莫须有先生传》来说，或许这个贯穿始终、交替呈现的不同于莫须有先生固有视点的视点更其重要。

然而对于参悟者来说，仅仅在参悟形式如《莫须有先生传》之中对自己有所怀疑，毕竟是不够的，仍然有将参悟者自己或参悟本身理想化的可能，那么就还是有所局限，谈不上消融一端，归诸无限。一切理想化均与悟无缘，所以禅宗讲“逢佛杀佛，逢祖杀祖”。由此置身参悟形式之外，进而怀疑这一形式，也就是废名在自序中所说意思：“我记得我兴高采烈的将此传写到快完时，我对于它的兴会没有当初那么好，那就是我对于莫须有先生渐渐失了信仰的一个确实的证据了。中间有一个时期，曾经想借用庖丁解牛的话，‘臣之所好者道也，进乎技矣’，算是我对于莫须有先生的嘉奖，后来乃稍有踌躇，因为我忽然成了一个算命的先生那样有把握，不知道生时年月日，休想说吉凶，天下事情独打彩票你我倒实有几万分之一的希望，操刀没有十九年就不敢说庖丁先生的话。”从某种意义上讲，这番话较之最末一章“于是奇怪奇怪”云云，更是一个彻悟的态度。《〈废名小说选〉序》中说的“《莫须有先生传》计划很长也忽然搁笔”，或许也与此有关。

《莫须有先生传》反映了作者思想进程的某一阶段；作为阶段结束与开始的标志，该书之于废名人生与写作的意义不容忽视。即如作者自己所说："莫须有先生自《莫须有先生传》出版以后，久已无心写作了，……"（《莫须有先生坐飞机以后》）这一状态的最终结果，则是周作人在《怀废名》中讲的"这以后似乎更转入神秘不可解的一路去了"，而有《阿赖耶识论》一书的撰述，——在废名的全部创作中，与《阿赖耶识论》最具呼应关系的就是《莫须有先生传》了。

二〇〇二年五月四日

由当事人说话谈起

《舒芜口述自传》中我最想看的还是“关于‘胡风反革命集团’问题”，虽然全书要数这一章篇幅最短，而且只是对此前所撰《〈回归五四〉后序》相应部分的补充说明。不管舒芜本人意愿如何，恐怕其一生荦荦大端，仍为与这一历史事件的联系——在关注此事者印象里，乃至今后的历史记述中，莫不如此。正因为这样，更应该允许当事人说话；而我一向把这看作社会文明的标志之一。所以《舒芜口述自传》以及《〈回归五四〉后序》的问世，显然不无意义。

上面末了一句并非敷衍，只是稍嫌笼统，须得加以说明。当事人说话，除了体现社会文明外，对当事人自己有揭示事实和表明动机两重意义，对我们则有了解上述两方面的意义，但是于彼于我，两方面意义并不相同。这里我说“我们”，指有别于当事人的相对超脱冷静的一副眼光，此刻属于前述关注此事者，随着时间的推移则将演变为历史观念。事实方面，当事人不止一个，彼此间说法有别；我们听多面之词，总比听一面之词，抑或什么也不听就做出判断的好。也许因此更接近于澄清事实真相，然而个人意义上的事实与历史意义上的事实并非完全是一码事。对个人来说关键在于“做了什么”，对历史来说则是“造成了什么”。是以《〈回归五四〉后序》和《舒芜口述自传》解释了许多，最终仍不能不归结为《后序》所写而《口述自传》又复引用的一番话：“由我的《关于胡风的宗派主义》，一改再改三改而成了《关于胡风反革命集团的一些材料》，虽非我始料所及，但是它导致了那样一大冤狱，那么多人受到迫害，妻离子散，家破人亡，乃至失智发狂，各式惨死，其中包括了我青年时期几乎全部的好友，特别是一贯挈我掖我教我望我的胡风，我对他们的苦难，有我应付的一份沉重的责任。”说来尚有争议的不过是“虽非我始料所及”一句而已，虽然在当事人这一点至关重要。

话说至此，已经涉及动机方面。对于个人来说，动机大概相当于缘由；而历史几乎从来不把个人动机视为缘由，它另外从社会、文化乃至自然环境等领域去找寻缘由。个人所关注的是“为什么要做”，历史则仍然关注“造成了什么”。历史只管结果，不管动机；面对历史，一个人当初想法如何，意义仅限于他自己。《舒芜口述自传》较之《〈回归五四〉后序》更多挖掘思想根源，这有益于我们理解其人，却无助于我们评价其人，讲得明确一点，无助于改变历史对于他的评价。以上当事人与历史看法之不同，或许亦为舒芜所知晓，因而才在《舒芜口述自传》末尾说：“现在这个口述自传的编辑出版，是我再一次向历史把这一份沉重的责任永远铭记下来。”而历史本身同样是这样“铭记”的。

讲到“理解其人”，舒芜本人想必企望如此，不然不会解释再三；然而对我们来说，更有意义的还在于理解当时中国整整一代人，具体说是一代知识分子，包括舒芜在内。我想起《纽伦堡大审判》的一段记载。战犯邓尼茨海军上将的辩护律师奥托·克兰茨比勒在结束辩护返回家中时，为法庭所揭露的事情“感到羞辱”。书中写道：“他对发生过的事一无所知吗？如果是那样，他一定是个白痴。他参与其中了吗？如果他参与了，那他一定是个罪犯。他是否了解内情，但并未亲自去干？如果是那样，他一定是个懦夫。各种选择，要么是白痴，要么是罪犯，要么是懦夫，都使克兰茨比勒沮丧不已。”这番话用来形容舒芜及其同时代人，可能亦不为过；只有纯粹受迫害者如纳粹治下的犹太人可以除外，在中国这样的人当然也有，尽管相对少些。不过需要强调的是，这里所说的是“每一个人”；而“某一个人”除承担“每一个人”的责任之外，他自己特有的责任并不应因此而被忽视，甚至减免。

《舒芜口述自传》中两段文字，有助于理解这一问题。一是：“这（指宗派主义）在他（指胡风）的公开文字中表现得还比较含蓄，在私人通信中就说得很明显。我的文章要说清楚这一点，就不能不引用胡风给我的信。”一是：“他找我谈话，我当然是不敢反抗的。既然林默涵发了话，我就不敢不按照他的‘指示’编出了那个材料，……”如果说“不敢不”更多体现“每一个人”的责任，那么“不能不”就该由“某一个人”承担了。附带说一句，这里“不敢不”，尤其是“不能不”，未免简捷轻巧；读书至此，竟然打个寒颤。

二〇〇二年八月三十一日

闲坐说先秦

起意要作一篇“闲坐说□□”的文章，正赶上给扬之水《先秦诗文史》写书评，遂拟定题为“闲坐说先秦”。当然是袭自元稹“白头宫女在，闲坐说玄宗”了。风闻近来有以此相讽者，虽张冠李戴，却不尽无理：区区尚未“白头”，更非“宫女”，所说不干“玄宗”乃至任何已往帝王之事；然而总归打算就某些素所关心的事情“说”上几句。“闲坐”而说之，此意甚惬，乃是求之不得也。虽然具体落实到这本书，该是“闲坐说先秦诗文”才对，却未免不大顺嘴，而且我们如若与先秦有点情分，也是因为诗文之故；舍此之外，那个年头儿似乎并无多大意思。想说的不止关乎先秦而已，至少尚有魏晋、晚明、民国等，差不多都是因为同样原因。一言以蔽之，未必真要抱怨“予生也晚”。是以此一名目大概总能对付过去。

以上解题。解题的话尚未讲完，关于眼下这本书不妨再说几句。《先秦诗文史》书名颇别致，可也容易误解，或者指为不得要领。作者在小引中说：“以先秦诗文史为题，包含了两层意思，其一，它所讨论的范围是以文字为表达形式的作品；其一，先秦时代与今天所说的‘文学’并不完全一致，那么以它本来的存在方式，即诗也，文也，来称呼我们的讨论对象，或者更为自然。……在‘文学’尚未独立的时代，先秦诗文可以说是彼一时代精神产品的总和，其间却并没有文史哲的判然分别，且惟其不分，而能够显示出一种特别的丰厚。”不啻显示了某种姿态，即不愿将谈论对象硬行纳入当下的价值体系；与其做评价者，不如做叙述者，史家之两重身份，作者先自卸却一重。虽然有关历史的叙述不可能彻底消除评价的色彩，但是作者之努力消除评价的时代色彩，却是显而易见的了。这使得本书在具有“怎么样”的价值之前，先已具有“不怎么样”的一番价值，——如果我们因此而批评它缺乏什么，则近乎《庄子·田子方》所谓“彼已尽矣，而女求之以为有，是求马于唐肆也”，问题在于我们而不在作者。这可以说是有关批评的一点道理。

也许是要强调这一立场，当作者完成了所有叙述，又在后记里重提此事：“全部完稿之后，才发现把它放在文学史之列，实在很觉得不像。叙述的语言，选取的角度，乃至它的体例，皆有不合，再看看近年出版的各种文学史，或以理论与概念趋新见胜，或以搜罗宏富见长，这一本小稿则既无理论色彩，亦未曾征引很多的材料，所引者也多是手边现成书的常用书；时代背景、思想倾向等等，更鲜有涉及，甚至于文学史的方方面面，也省略不少。如此，说它是‘先秦诗文读本’，也许更为合适。又或称作‘我读先秦诗文’，也还可以解释其中种种的省略与不合规矩。总之，它记录的只是我的读书心得。”所说正是前述“不怎么样”与“怎么样”的问题。“不怎么样”姑且搁下不提，我们来看“怎么样”到底怎么样罢。

回到前引作者小引里那番话，说“诗”说“文”，直接面对先秦诗文“本来的存在方式”，如此而有可能做到的，或许亦与作者自认的“先秦诗文读本”或“我读先秦诗文”不无差异，譬如文体研究，这也是不同于寻常文学史的文学史写法。不过这里自有困难。所谓文体，总意味着某种东西相对固定下来，至少有迹可寻，然而先秦诗文尚属草创，文体的说法恐怕只适用于它们之后。天下文章本无定规，我们现在竭力求“活”，当年作者却根本不知道什么是“死”。可能“诗”“文”仍是后人说法，彼辈多半不曾想到自己是在“写诗”“作文”呢。况且那些著述，大到一书，小到一篇，往往经由后人编就，未必出自一人之手。好比《庄子·逍遥游》鼎鼎有名，开头讲到鲲鹏，同样意思接连说了两遍。要么无所规范，要么杂凑而成，自有一种鲜活气象，却是学之不来的；也许赶巧如此了，反正并非体裁本身要求，一定要以文体论之，难免牵强附会之讥。

“史”的另一可能把握之处，在于揭示其间某种演变过程，即便难谈文体，谈及文体的雏形也罢。不过具体到先秦，另外也有困难。作者于此语焉不详，只有一处稍稍分明：“周秦诸子的文章，大抵都可以看出各自的渊源来，如论辩之文在《左传》、《国语》、《战国策》中可以见出发展的线索，《孟子》、《韩非子》等皆可以算在这一系，虽然又各自有着不同的创造，因此又形成不同的风格。《论语》承继了记言记事的传统，而在诚恳切实的空气中，酝酿出生动的气韵。《老子》格言式的述作，则有着由《周易》蜿蜒而来的文字血脉。”说实话，所能点拨的不过是大致门路，要想指认何人影响何人，谈何容易。因为迄今为止，我们还不能令人信服地说出某些“文”问世的确切年代和先后顺序。尤其是某些彼此风格约略呼应的作品，譬如《左传》与《孟子》，《战国策》与《韩非子》，到底谁先谁后，一时搞不明白。如此则文体或文体的雏形演变一事，实难真正讨论。作者写成“先秦诗文读本”或“我读先秦诗文”，说是有意为之也罢，说是不得已而为之也罢，恐怕也只能如此。

然而从可以坐实的情况来看，虽然不能尽知演变过程，倒也能够体会当时此方面一种趋势。作者讲到孟子时说：“孟子大约以‘好辩’有名于当时，他所以在《滕文公下》的别一章中特别解释道：‘我亦欲正人心，息邪说，距诐行，放淫辞，以承三圣者，岂好辩哉？予不得已也。’不过这却并不是孟子一个人的宣言。高谈雄辩，乃彼时风气，或融旧铸新，或戛戛独造，战国诸子，几乎无一例外于‘好辩’，正所谓‘君子必辩’（《荀子·非相》）也。如此，方蔚成今天我们眼中的那一片文学的繁荣。”以“先秦诗文史”至少是“文”一部分而论，这实在是个重要环节。不如引此前一百来年的孔子作为对比。《论语》记录孔子的话，像“学而时习之，不亦说乎；有朋自远方来，不亦乐乎；人不知而不愠，不亦君子乎”之类，往往是只讲“然”而不讲“所以然”，如果不是记录者有意略去不计，那么对孔子来说，这个所以然就根本不是问题。他只告诉你是这么回事，也就行了。譬如这里，何以一定要“说”，要“乐”，要“君子”，乃是理应这样，无须一“辩”。我们读《论语》，觉得特别从容不迫；追根溯源，正在于此。降至孟子，不复是起先那个语境了。对于孔子及其同时代人乃是天经地义的前提已经动摇，必须讲出所以然来才有可能服人，所以孟子要说“予不得已也”；而“好辩”若拿孔子的标准来衡量，离“文质彬彬，然后君子”已远，该说是“文胜质则史”了。“文质彬彬”，“质”要能帮衬“文”才行。而且正如作者指出，彼时并非孟子一人如此，大家都得多费口舌，中国文章，至此有一大变化，说是发展也行，正所谓礼崩乐坏，乃有文章，可是要想求如《论语》那般从容，已不可得了。《孟子》文采飞扬，却略带气急败坏之相。以后《荀子》虽然气度稍为舒缓，又难免步步为营，不算活络。《庄子》其实也是“后孔子时代”的产物，也好生一番论说，不过说得自得其乐，服人倒在其次，加之意思高妙，自是其是，所以别开生面，乃是可一而不可二的。说来“辩”亦有正反，孟子、荀子是要从已经不成其为所以然处说出所以然来，当然费力不讨好了；若《韩非子》、《战国策》则是干脆由打相反处另树一个前提，反而来得恣肆挥洒。凡此种种，无一不与“君子必辩”相关，《先秦诗文史》特别标举此点，的确甚得要领。这里不惮辞费，特为补充说明几句。

二〇〇二年八月三日

对待文化的一种态度和另一种态度

修昔底德著《伯罗奔尼撒战争史》开头说：“在这次战争刚刚爆发的时候，我就开始写我的历史著作，相信这次战争是一个伟大的战争，比过去曾经发生过的任何战争更有叙述的价值。”此书还是多年前所读，这回翻看《笑我贩书》，又复想到。虽然我也知道，这样联系显得不伦不类。那么另外打个比方，就说寻常我们写日记罢。每晚打开簿子，写什么不写什么，其间总归有所选择，即便事无巨细，取舍在所难免。这个态度与史家的态度其实没有两样，而历史归根结底是某种价值观的体现。这是修昔底德一类伟大人物与我等凡庸之辈的共同之处；而眼前这本书的写作，似乎也有同样性质。

说句实在话，《笑我贩书》原本是部可有可无的书，因为换了另外一个人，可能从一开始就觉得无非是日常琐屑小事，未必值得一动笔墨。而这个“开始”对于这本书非常重要，所以前引修昔底德的话也就还能用上；显然《笑我贩书》的作者同样始终认定“有叙述的价值”。——也就是说，其价值观是先于这本书的写作而存在的。从起先的油印材料（当时叫作“秀州书局简讯”）

到最终删定成书，《笑我贩书》已经成为既成事实；然而我最感兴趣的，还是它何以能够成为这样一个事实。

上述对于作者写作动机的领会，我想大致不差。——正是基于此点，作者才表现得如此敏锐，诸如买书人的闲谈，朋友的电话、来信，都被逐一记录下来。基于此点，作者才会采用冷静克制的记录方式。同样基于此点，他才能把这种写作当成一项事业励精图治地坚持多年。以上三层大概都应该从“写历史”的意义上加以理解。而这一态度显然在《笑我贩书》正式出版前已经拥有的读者那儿得到充分认同。例如下列记载：

“北京L先生十二月六日来电话说：‘张中行先生正在写回忆录，他会把与杨沫的事写进去的。’张中行是杨沫《青春之歌》中的余永泽。”

“山东济南徐明祥十二月二十二日来信说：‘《简讯》（五十一）所载张中行先生是杨沫《青春之歌》中的余永泽一句不确，容易让不了解内情的读者产生误解。可以表述为张中行先生被视为《青春之歌》中余永泽的原型。’”

两相对照，让我感到了某种严重性，真有点儿“一言兴邦，一言丧邦”的味道。然而如若不是这般态度，恐怕《笑我贩书》也就无从写起。此书出自作者之手，但是多少可以看作集体创作。世间有那样一群人，专注于一件事，执著于一件事，于是成就了这么一部书，该书也因保存了这一人群的真实面貌而具有特殊价值。另外一个显明的例子，便是后记所述关于书名的讨论了，同样让我觉得很严重似的。虽然我们平常写篇文章，也要字斟句酌，但总归是个人行为；如此认真广泛地加以讨论，彼此间一定多所默契，以为兹事体大，轻率不得。凡此种种，与前述作者的写作动机以及读者的认同和参与似乎不无关系。接续前面的话说，这里保存的未必是专注执著的对象，但肯定是对对象的专注执著。

钱锺书曾在《围城》中借苏小姐之口谈到“被围困的城堡”：“城外的人想冲进去，城里的人想逃出来。”这是被用得滥俗了的典故，这里不妨再用一次。如果视为对文化的譬喻的话，那么我们看到在传统的态度之外还有一种态度。相对于前述一群人斤斤计较于一句表述，一个书名，后现代派之肆意消解，有如杜尚给《蒙娜丽莎》添上小胡子的举动，显然在方向上是根本对立的。人们“想冲进去”与“想逃出来”的是同一座城，关键在于价值观有所不同。为一部分人所向往的，为另一部分人所嘲弄；前者看得严重，后者视同游戏。当然各自有其动机，我一概表示理解，也难以断言孰是孰非，且作壁上观好了。也就是说，在“城里的人想逃出来”的背景下去看待“城外的人想冲进去”。

也可以借用《老子》所讲“为学日益，为道日损”来说明此事，不过对于原意略有歪曲而已。似乎无须像《老子》作者那样决绝，彻底否定其一（“为学”）而肯定其一（“为道”），不如看成总的来说处于不同阶段的两种对待文化的态度。显然一个人不进城，他就没法出城。“为学日益”好比“城外的人想冲进去”，“为道日损”好比“城里的人想逃出来”；“为学日益”继之以“为道日损”，也不违背《老子》作者所揭示的“反者道之动”的规律。从这个意义上讲，《笑我贩书》之写作、成书，作者的动机与实践，读者的反馈与参与，都是可以理解，也是有其充足理由的了。“为学日益”，可能一似“为道日损”，在当时乃是势所必至，理有固然。至于“想冲进去”的一旦进得城来，是否不复起初兴致，转而又“想逃出来”，此刻亦未可知，姑且走着瞧罢。

此外需要补充的只有一点。自从有了后现代派，无论对于现代，还是对于传统，怎么说也增添了一个不容忽视的参照系数。于是一切就都有所变化。“城外的人想冲进去”遇见“城里的人想逃出来”，未必影响自己的选择，但是这一选择却被赋予了不同于以往的新的意义。大家相对而行，那么也就使得彼此的行为不再具有绝对意义，而只具有相对意义。我们讲对待文化有两种态度，底牌原来是在这里。人们“想冲进去”又“想逃出来”的那个“城”，不一定具有终极价值。

[附记]《笑我贩书》形式上对于中国古代笔记传统的承继，以及行文之朴实无华、简练干净，均很值得留意。较之时下铺陈渲染、矫饰造作的所谓“文化大散文”，真不可以同日而语。其一有自信而其一无自信，简直昭然若揭。盖“城外的人想冲进去”犹是脚踏实地，彼辈则腾云驾雾，全然不知自家究竟置身何处也。本文题曰“对待文化的一种态度和另一种态度”，话说至此则已讲到四种以上，赶紧打住为宜。

二〇〇二年六月十日

词典五谈

一

我这人本无任何主义之可言，如果非得加上一个不可，我倒宁愿自称“词典主义者”。我是喜欢读书的，但是不以为文学、哲学、历史等中有哪一本非读不可；世间要是真有什么“必读书”，那也只能说是词典了。这样的话并非一时凑趣要讲，乃是酝酿多年、反思平生之所得，愿意趁此机会贡献出来。

当然我有我的个人原因。现在勉强说是靠写字为生，然而前提在于是否有那么些字供你来写。具体讲就是词汇与句式，这些东西存储在记忆中，写作时才能得心应手。那么记忆中的东西又从何而来呢。句式多半沿袭平常说话用法，读别人的书时也曾悟得不少；词汇同样可以从生活中和书本上撷取。但是又怎么知道有没有记错，——所谓“文字不通”，便是由此而生的了。句式的问题相对简单，掌握了主、谓、宾、定、状、补各语之间的搭配关系，大致不会出乱子；词汇则要麻烦得多，非得一个个记准确了不可，而且记住读音，也不一定写得对。当然不是一概无迹可寻。譬如有人把“寒暄”写作“寒喧”，或许以为此乃说话，当从“口”旁；可是如果稍加斟酌，这样“寒”字没着落了，便明白原来二者相对而言，乃是“冷暖”之意，亦即通常所谓“今日天气哈哈哈”是也，所以第二字当从“日”旁，写作“暄”。但是汉语词汇组合，并不都这么讲理；也许原本有理，咱们一下不能了然。那么就要请教老师了。不过我的中文教育只接受到中学毕业为止，而且就连中学也不曾好好念过；读到大学文科以上的人想必方便得多，我则只能把词典看作自己的老师。是以每逢写文章，手边必备几种词典，查阅再三，不厌其烦，即便此刻亦不例外。——本来打算写这篇文章时，随手记下查过哪些条目，一并发表出来；担心过于絮聒，此议遂寝，然则那样或许更能说明问题也未可知。查词典是我的笨法子，修养不足，只好如此；但是我想常写错别字的人，修养不足之外，用功亦不够也。

说来我对词典，首先抱定的就是这么一种实用态度。词典通常被称作“工具书”，其实也是这个意思。不光写文章，只要动笔头，好比写信、打报告之类，都涉及同样问题，那么查词典就是难免的了。我把对词汇及句式的把握称为一种修养，自忖并非过甚其词。再高明的作家学者，写出来的东西字句不通，所谓高明也得大打折扣。查词典只不过是将勤补拙，但总归比出乖露丑强得多了。

如此说法，殊少风趣；然而词典之适于实用，怕是尚不止前述纠错一项。个人所掌握的词汇，词典亦是重要来源之一。我们学外语，有个词汇量的概念；很奇怪涉及自家中文，反倒不以此衡量了。勤查词典，可以多识生词，此本无须多言；先父沙鸥先生从前另有见解，且已付诸实践，却值得在此一提。他很喜欢翻看词典、韵书之类，认为这对写诗大有裨益。曾在通信中说：

“要经常运用有关语言的工具书，为了找寻新的，不是你常用的词汇。比如，你想用‘孤独’一词，而这个词你已用过多次了，不能再用了，就去查‘孤独’的同义词，去查有关‘孤’与‘独’的组词，你会发现许多词，由此挑选一个你自己未用过，别人也未用过，或少用的新词。

“找一个新词，要舍得花功夫。

“这有一个在创作上的求高、求严的态度问题。”

先父以非重复性来理解语言的丰富性，就把这一问题具体化了，不致流于空谈。北京话有个说法叫“贫”，《现代汉语词典》释为“絮叨可厌”，陈刚《北京方言词典》写作“频”，徐世荣《北京土语辞典》则云：“其实该用‘频’字，但一般避生就熟，多用‘贫’字。”我觉得其间不无因果关系，盖“贫”（词汇量少）所以“频”（絮叨可厌）也。说话如此，尚且算是毛病；何况写诗呢。所以先父这番理论与实践，意义的确不小。或者说写诗当然不比寻常，若作文章或随便写点什么，不妨退而求其次。我意不然。无论如何，“贫”都不是好的品相。唱高调说爱惜中文，说实话是爱惜自己，都应该经常翻翻词典。

二

词典与我们的关系，原本不止语言应用一途，至少还涉及知识层面，当然词汇本身也是一种知识。且来声明一句，这里使用“词典”概念不很严格，多半作为“工具书”的代名词，而工具书并不限于词典一种。据金常政《百科全书 · 辞书 · 年鉴：研究与编纂方法》一书介绍：

“按美国一位工具书权威 L. 肖尔斯博士的分类，把工具书分为十三类。如果不唯权威是从，打乱一下肖尔斯的排列次序，按可读性高低，或检索性递增的次序重排便是：百科全书、年鉴、指南、便览、手册、传记性资料、地理性资料、词典、书目、报刊目录、索引、政府文件集、视听资料。”

检点一过可以发现，其中与语言应用有关的惟有词典，此外各类均关乎其他知识。然而其他知识词典中也有，只是简略一点罢了。《不列颠百科全书》（第十五版详编）“词典”一条有云：

“词典与百科全书的界限本不难划定：词典解释的是词；而百科全书解释的是事物，但在实际上却很难分得清楚，因为词只有与事物联系起来才有意义，很难设想编出一本不表示对象和概念的词典来。”

这番话很是有趣，我们读词典，所获得的知识正是关于“事物”、“对象”和“概念”者也。至于我自己，很晚才知道世间有百科全书之类，此前则惟有词典好读。本来应该从百科全书等中获取的知识，部分只好求助于词典了。受的教育多有欠缺，此乃所处时代使然；然而能由此得到一些知识，亦是不幸中之万幸。其实起先连词典也不能读到，惟有一小本《新华字典》。最早则只能去读“毛选”每篇后面的注释——这便是我小时候所有的一部“词典”了。我之认识“事物”，乃是由打这儿开始。以后买到《新华字典》，还有《现代汉语词典》（试用本），一概如获至宝，整天看个没完。《现代汉语词典》系内部发行，当时不知怎么到手。说来我得益于此书者甚多，它教我知道世间很多事情，简直胜于所有师传。过了多年才有成套的百科全书发售，最早的一部是《简明不列颠百科全书》（中文本），共十册，事先在书店订购了（差不多花去我两个月的工资），以后一本接一本出来，我就一本接一本取回，沉甸甸的书捧在手中，特别欣喜。回家之后，当然迫不及待地要展卷一读了。

我不知道这算不算是经验之谈；虽然现在青少年读物很多，获取知识可能更其便利。不过我还是想说一句：词典仍不失为有效来源之一。至少“开卷有益”这句话，用在这儿是不错的。知识都有具体内容；有关某一对象的知识，实际上是一个序列，或者一个过程。词典所涉及的，不过开个头儿而已，深入了解自然不够，还须去读百科全书相关条目，乃至专门书籍不可。上述知识的起始部分，往往是某一题目或某一门类的常识。略具常识，距离博学还远，但已经不能算是无知。对于我们普通人或非专业人士来说，虽然不尽够用，总比没有要强。自己开口，不大容易闹笑话；听别人说话，则不会轻易上当。这里举个例子。十几年前我读一本有关周作人的传记，见谈及俞理初时牵扯到俞平伯，又把周氏关于俞理初的很多话都归诸俞樾了，不免心生疑惑，记得俞平伯的先人乃是俞樾，并不关俞理初什么事；周氏虽然称赞过前者，最推崇的却是后者。翻开《辞海》一看，俞樾与俞正燮（字理初）各有条目，就写在同一页上。我想《辞海》这种大路读物，作者案头一定放着；若去核对一下，并不花太多工夫。这给我一个教训，即凡涉及知识的事情，不妨以承认自己无知的态度着手做起。那么其间能够给予我们帮助的，词典之类又是必不可少了。

不过话说回来，就我经常使用的几种词典如《现代汉语词典》、《辞海》和《辞源》而言，作为知识读物，都不能令人十分满意。倒不是要求过高，要求仍仅限于上述常识层面，即便如此，还是觉得不无条目缺漏、解释失当之处，只能应付一时之用（譬如不至于将俞正燮与俞樾混为一谈）。先哲有云：“尽信《书》，则不如无《书》。”（《孟子·尽心下》）吾辈于任何一种词典亦然。词典只是知识来源之一，——末了二字尤其吃紧，全部知识若以千万计，万万计，它所介绍的不过是“之一”罢了。知识也是一种修养，与语言能力一样。

三

回到前引《不列颠百科全书》所说“词只有与事物联系起来才有意义，很难设想编出一本不表示对象和概念的词典来”，似乎不妨进一步讲：某一时代人们对“事物”的理解认识，一定程度上体现在当时所应用的“词”之中；而这又在一定程度上借助于“表示对象和概念的词典”反映出来。古代之《尔雅》、《说文解字》，今日之《汉语大辞典》等，均可以如此看法。——换句话说，这是查词典的另一项好处了，当然也在获取知识，不过乃是有关语言的知识罢了。

上面这番话不宜机械地加以理解。譬如刘半农一九二〇年顷创造“她”、“它”两个代词，我们不能说在此之前中国人就男女不分、人物不分了，但是这种意识通过文字确定下来，使得表述更其清晰明确，所具有的不止是语言学的意义。意识诉诸语言，语言也诉诸意识，看到“他”明确想到“男人”，看到“她”明确想到女人，看到“它”明确想到东西，较之只有一个“他”字，需要视上下文才能确定所指，就“对‘事物’的理解认识”而言，肯定有所不同。

不知道有没有专家编纂过“中文词汇演化史”或“中文词汇发展史”一类著述，抑或充分涵盖相关内容的汉语词典；如果有的话，我倒亟愿一读。现在则只能凭感觉说话了。关于词汇的演化，刘半农在《她字问题》中曾经有所论说，涉及新造、改义和改音三项内容。虽然诸种词类各有演化过程，但是其间未必同步进行，有的词类可能变动更大。譬如我读《庄子》，觉得其中的动词和形容词，反倒要比今日文人笔下丰富得多；古今这方面当然也有变化，到底不及名词区别显著，增添了那么多东西。

上述词汇演化涉及内容很多，这里只能略谈一二，都是我读词典觉得有趣之处。新名词增加的原因之一是外来物的引入，但是外来物引入与外来语引入并非配套进行，好些倒是咱们另外取的名字。查阅《辞源》、《辞海》“胡”、“番”、“西”、“洋”各字，已可体会前人“对‘事物’的理解认识”之一斑了。即以《辞海》而言，就有“胡杨”、“胡桐”、“胡桃”、“胡麻”、“胡葱”、“胡椒”、“番杏”、“番茄”、“番鸭”、“番薯”、“番木瓜”、“番石榴”、“番荔枝”、“西瓜”、“西葫芦”、“西红柿”、“西洋参”、“西番莲”、“洋梨”、“洋麻”、“洋葱”、“洋槐”、“洋丁香”等词条，这些名目都非中国“古已有之”，而是后来陆续创造出来。周作人在《国语改造的意见》中曾批评说：

“中国以前定名多过于草率，往往用一‘洋’字去笼罩一切，毫无创造的新味，日常或者可以勉强应用，在统一的文学的国语上便不适宜了。”

这里他关注这些合成词的前缀部分，所以建议“洋油”改称“煤油”或“石油”，“洋火”改称“火柴”；而我更留心词根部分，因为在此类名词对译中，上述冠以“胡”、“番”、“西”、“洋”各词，词根往往利用中国既有之物，而事实上并非确属此物。譬如“胡桃”一词，前缀为“胡”，表明来源；词根为“桃”，表明特性，然而此“桃”并非我们读《诗经》时见着的“桃之夭夭”那个“桃”也。胡桃亦称核桃，属胡桃科；桃则属蔷薇科，根本不是一码事。把胡桃也称为“桃”，意味着“桃”字已不限于原有范畴。这在中文史或翻译史上，说来是个重要现象。

然而名词对译导致词义引申，并非只有语言学的意义，还涉及中外文化交流或文化冲突问题。从前读美国人周锡瑞（Joseph W Esherick）所著《义和团运动的起源》，有番话值得注意：

“……他们夸耀说，除了大刀和扎枪外，火枪也能被抵挡（据我猜测，这种所称的刀枪不入范围的扩大，事实上是由于中文表达火枪与扎枪同用一字，因而为其提供了便利借口）。”

他实际上发现了义和团运动的关键问题之一。《说文》：“枪，岠也，从木，仓声。一曰，枪，欀也。”按“岠”通“拒”，抵拒之意；“欀”则为木名。《广韵》：“枪，矟也。”《释名·释兵》：“矛长丈八尺曰矟，马上所持，言其矟，矟便杀也。”所谓“刀枪不入”，本是指针对大刀扎枪的一种硬气功，此时仍然使用着上述“枪”的本义；翻译过程中创造“火枪”这一名词，词根“枪”的外延被扩大了；结果“刀枪不入”的外延也就相应扩大，以至当时社会民众（不仅仅是义和团）信以为真，酿成了一场历史闹剧或悲剧。

在我看来，这不仅仅是个误会而已。上述不管是否属实即以既有物作为词根的名词对译方法，反映了中国传统文化某种一以贯之的态度。我在《史实与神话》一书中说："这一文化习惯于在认识不足乃至根本无所认识的情况下，将属于别一文化的产物强行纳入自己系统加以认同，以显示早已拥有，无足为奇。其实还是'外延无限'和'惟一'的观念在作怪。"不同语言之间名词对译，以及大家对有关译法的接受与理解，看似琐屑小事，却也是一次文化交流或文化冲突，而文化本质就体现于文化冲突之中。

前面讲到词汇演化，说有新造、改义和改音三项内容，其实还得补充两项，才算齐全。一是废弃，似乎无须多言；一是复活，不妨略说几句。手边有一九七三年（试用本）、一九七八年和一九九六年（修订本）三种《现代汉语词典》，部分条目彼此出入，加以对比，颇有意思。如"女"字项下，"女眷"前一种作：

"旧时指女性眷属。"

后两种作：

"指女性眷属。"

"女郎"前两种作：

"旧时称年轻的女子。"

后一种作：

"称年轻的女子。"

似乎意味着这两个词一度分别废弃，后来又在不同时间重新启用。此种废弃和启用或许仅仅意味着主流意识形态之认可与否，然而征诸现实，好像的确曾经泯灭，现在又听见有人说了。还有“女公子”一词，前两种作：

“旧时对别人的女儿的尊称，现在只用来称呼外国人士的女儿。”

后一种作：

“对别人的女儿的尊称。”

那么倒是不曾彻底废弃，却又有所限制；如今这限制得以解除了。语言的演变并不完全自然而然，外界多有促动作用，未必都是权力因素，时尚亦颇具影响，所谓“时髦话”是也。

四

语言是文化的存在方式之一。由这一立场出发翻阅词典，或许别有趣味。词典作为收集整理语言的一种形式，本身具有研究性质。历代文字、训诂和音韵方面著述甚夥，特别是关于《说文解字》，已成专门一种学问。周作人羁留南京狱中时，“通计在那里住了一年半，只看了一部段注《说文解字》，一部王菉友的《说文释例》和《说文句读》。”（《知堂回想录》）可以想见自有意趣。今天的人一方面似乎对中文不很感兴趣了，另一方面又号称热爱中国文化，其间不无矛盾，好像叶公好龙的样子。热爱文化者尤其中意地域文化，乃至造些假民俗出来，殊不知中国的地域文化有相当一部分是保存在方言之中，其真实完好程度，恐怕又远胜于今日残存的民俗仪式与地面建筑等。把记录各种方言的词典看作一座座地域文化博物馆并不过分。——这里顺便说一句，前面讲到词典，很是强调应用；然而方言词典未免有所不同，作者写之，或许多为研究，读者读之，可能更求玩味。如果拿来应用，往往也只限于认字。因为掌握方言是要有点基础的，不光读音特别，遣词造句也不一样。单凭一本词典，不大可能说话或写作，非得另外打点底子不可。

讲到方言词典，首推西汉扬雄所著《方言》，以后记录蜀方言有《蜀语》（明李实撰），吴方言有《吴下方言考》（清胡文英撰），山阴会稽方言土语有《越谚》（清范寅撰），等等。我因为生在北京，对有关北京话的辞书更其留意，二十几年前效法老舍，要用北京话写长篇小说，还曾记录过胡同里老头儿老太太特殊话语，成一小册子。后来读书渐多，发觉此项工作早有人做过，而且相当完善，于是赶紧收手了。

清末有位夏仁虎，本是南京人士，光绪二十四年来北京作官，写有《旧京琐记》，其“语言”一卷，乃是一篇北京话考察记。此前虽然《红楼梦》与《儿女英雄传》使用北京方言已很娴熟，但是单从语言着眼，而又较为系统，好像这还是首次。若以词典视之尚嫌简略，但是亦不无草创之功了。夏氏不仅记录用法（后来各种北京话词典均不出这一范围，然而要丰富全面多了），而且关注语言与心态及生活习性的关系，适为我所谓“方言中保存着地域文化”的上好例证，如：

“京人谈话好为官称，有谦不中礼者。昔见一市井与人谈及其子，辄曰‘我们少爷’。初以为怪，后熟闻之，无不皆然，以是谓之官称。又见旗下友与人谈，询及其兄，则曰‘您的家兄’。初以为怪，后读《庸盦笔记》，乃知其有本，不足怪矣。”

时至今日，此种称呼或已不见，然而隐含其中的心态或习性，未必不曾借助别种形式表现出来。北京人说话，是很喜欢“套近乎”的，乃是“客气”之一部分也。读此书另一有意思处，即是可以对比今昔北京方言词汇的异同。看见此时仍然沿用的说法，每每特有亲切之感。这一点我们在读《红楼梦》、《儿女英雄传》乃至老舍小说时也能感到，而上述各书所载与今日口头语都有部分不同，也就是说，过去有些用法已经“死”了。所以从前的北京话词典，多从老舍作品中摘取例句，现在有些则改用王朔的了，这是很恰当的。

这里讲到日常用语问题，一般词典在这方面内容较为贫弱，也是情有可原，因为词典编纂非一日之功，总与现实有些差距。《辞海》与《现代汉语词典》即便一再修订，也只能做到有限程度。中文词汇史好比一条源远流长的河，相对于两端之陈旧与新生者，词典收集的往往是中间那仍然生存且已稳定的部分。弥补这一缺憾（对于超越于常规需要的读者来说，这确实是一种缺憾）的办法，乃是另外编纂某些专门词典，譬如古汉语词典，流行语词典，等等。

五

词典中亦可显示出编纂词典者的思想观念、知识水准、价值取向乃至趣味爱好，这也是有意思的，——这里要谈查词典的好处，不妨列作一项，盖透过纸背窥人面目，诚为读书之一乐也。有的事情别人已经讲过不少次了，例如对比修订前后的《辞海》，可见社会发展、主流意识形态变化的迹象；又如“王同亿现象”足以显示编纂者之胆大妄为，出版者之利欲熏心；又如“鉴赏词典”之类一度泛滥，大家简直不明白什么叫作词典，这些我就不再多说了。我最感兴趣的还在前述价值取向和趣味爱好方面，不过严肃正经的词典很少表现这个，皆是左道旁门者也。就像安布罗斯·比尔斯的《魔鬼辞典》，“人”的一条有云：

“这种动物沉湎于他自己是什么的冥想之中，特别得意忘形，忽略了自己应该是什么的问题。他的主要职业是消灭他的同类和其他动物，无奈他（它）们却以不可阻挡之势增加，大批地繁殖于整个可居住的地球和加拿大。”

这好像是玩笑话，涵义却至为深刻。而且由于借用了词典形式，别有一种解构意义，恰与寻常词典之确定意义截然对立。此种形式可以追溯到保尔·霍尔巴赫的《袖珍神学》，乃至塞缪尔·约翰逊的《词典》。约翰逊所写本是正规辞书，但他喜欢加点俏皮话，或发些牢骚，结果就有消解倾向，譬如：

“编字典者：编写字典的人，一个无害的文丐。”

霍尔巴赫的书则通篇充满辛辣讽刺，姑举一例：

“板凳：是木制的坐物，神学家放置自己的神圣屁股的地方。当他们进行友好、文雅、有关宗教问题的谈话时，也常常用来彼此投掷。”

凡此种种，同时也表露了作者的性情趣味；读者于体会思想之外，亦可以想见彼辈是何等人也。中国这类书籍尚未见着，或许是我孤陋寡闻，纵或已有效仿者，只怕学得了肆意，学不了深刻。除非是鲁迅，可惜鲁迅死了。——其实他未尝不曾一试，《写于深夜里》一文中有段话，即与《魔鬼辞典》颇为类似：

“出版有大部的字典，还不止一部，然而是都不合于实用的，倘要明白真情，必须查考向来没有印过的字典。这里面很有新奇的解释，例如：‘解放’就是‘枪毙’；‘托尔斯泰主义’就是‘逃走’；‘官’字下注云：‘大官的亲戚朋友和奴才’；‘城’字下注云：‘为防学生出入而造的高而坚固的砖墙’；‘道德’条下注云：‘不准女人露出胳膊’；‘革命’条下注云：‘放大水入田地里，用飞机炸弹向匪贼头上掷之也。’”

鲁迅揭示了语言与事实乃是世界的不同层面，这让我们想起他在《狂人日记》里描写过的“从字缝里看出字来”，可见一贯看法如此。上面我关于词典说了好些，却未免把二者混同了。还是鲁迅所见透彻，那么不如拿他的话来匡正一下。

二〇〇二年二月二十二日

关于图文书

那天我去书店，见着“百家文学之旅”第一辑，计四种。略翻一过，挑了《乔伊斯》和《海明威》：一是因为我喜欢传主，想多知道些生平事迹；一是因为我中意作者——我指的是安东尼·伯吉斯，此前我读过他的《现代小说佳作九十九种》和《发条橙》等，这人实在聪明绝顶。不过回家一想，这套书不如收全了罢，转天就又去把《莎士比亚》和《王尔德》买来，虽然不管传主，还是文本，我的兴趣都未免略逊一筹。现在我写文章，先来讲这闲事，是要说这一辑“百家文学之旅”，四位传主之间并无太大关联；单看文本呢，则写法也有所不同。写得最好的，恐怕还属我最先买的两种，伯吉斯写《海明威》，是把海明威看作杰出作家，不是世间英雄；非但如此，更以一种英国式的冷峻幽默，指出他乃至一切伟大人物身上不可避免的人性弱点。《乔伊斯》则对作家经历与作品的关系有详实考证，读过《都柏林人》、《一个青年艺术家的画像》和《尤利西斯》，再看这书，感到特别有趣。相比之下，《莎士比亚》和《王尔德》写得就有些拘谨，前者因为莎士比亚遗留资料太少，虽然作者口气不小：“一般人都以为我们对莎士比亚生平知之甚少，事实上，我们所知甚多。”到底还是不大够用，所以行文一再说“或者”、“也许”，我们甚至可以称之为“推想中的莎士比亚”。当然对于传记来说，这做法又最得体，比混淆真假强多了。后者则因为作者与王尔德关系太近——王尔德是他爸爸，即便无心“为尊者讳”，总归欲言又止，加之艺术感受力略差，谈及作品时尤其如此，这只要与伯吉斯那本对照一下就知道了。这里谈到文本，不妨多说几句。这套书大概取自台湾译本，不大合乎咱们的语言习惯，读来颇觉别扭，如果有人拿原文校改一番就好了。再就是书前的“推荐导读”，未免多此一举，这类普及读物，普通读者还不至于读不懂罢；四位撰者都是搞翻译的，译文的问题却谁也不提，好像并未用心去“导”似的。这是一套好书，还要继续出下去，现在挑点毛病既不为过，也还及时。语云“亡羊补牢”，牢里存羊尚多，及早补上为宜。

不管怎么说，这是一套好书，读来很有意思，——我写这篇文章，主要想说这个，那么言归正传。前面讲传主彼此无甚关联，文本写法也不大相同，但是其间有一点是一致的，即这是一套图文书。这两年此类书出版很多，有些滥了，常常让人不明白干吗非得配上图不可；读到“百家文学之旅”，我真觉出配图的好处来了。图文书可以分成两种，其一以图为主，文字只是说明，如果系传记类，就叫“画传”；另一类以文为主，图片算是“插图”，文字部分仍为一个整体。这套书属于后者，但图片所占比例很大，与一般传记偶尔插入几张图片又有不同。这里关键在于，插图构成了全书的有机成分。这样的话可能嫌太空泛，凡图文书一般都这么标榜，但是其间有个明显区别，作为读者最是清楚。俗话说一心不可二用，读书亦然；至少我做不到同时看文字与图片，总是有主有次。我读书习惯依循文字进展，如果可以不停下来看文字之外的东西，当下我就不看；如果读文字时，想要停下来看看图片，这就证明插图必不可少，也就是说它确是有机成分了。我读“百家文学之旅”，正有这个体会，所以自信斯言不妄。这种图文之间的有机联系，不同类别的图书可能有所不同，对于传记来说，叙述是文字的主要方式，而图片显然也可以成为叙述方式之一，图片的特殊意义即在于此：第一，构成对文字的印证，也就是使之形象化；第二，构成对文字的引伸，同样也是形象化，但是更多展现于读者的想象之中。

我们不妨分别举例说明。《海明威》有一处说：“在大萧条的时候他跑去猎狮子、钓马林鱼、看斗牛，却没有只字片语支持革命分子传播的福音。”这段文字给予我们的印象，通过一幅照片得到印证与强化：海明威和一群仰慕者在哈瓦纳码头围绕着钓到的银色马林鱼，那条被悬挂起来的鱼足有海明威一个半人那么长，从上到下贯穿整张照片。形象化是叙述的指向所在，这方面图片较之文字有极大优势，然而它们又是相得益彰的。即以上述例子而言，如果没有那段文字的启示，仅仅是图片显然不能使我们有更深一层的感受。此之谓“图文并茂”。《乔伊斯》讲到他女儿露西亚精神失常，这给乔伊斯的晚年笼罩上浓重阴影，也在他的作品中留下痕迹。书中说：“她有时是紧张性情感淡漠及注意力无法集中，有时又惊惶失措、歇斯底里，甚至变得暴戾。”这样的信息显然不大可能通过图片直接传达出来，然而图片却带来另外一些信息，最终留在我们头脑中的是一个丰富完整的形象。我们在五张照片中见到露西亚：儿时，她微笑着，像寻常小女孩一样；少女时期，她的眼中充满惆怅；二十时代，她已是青年，表情茫然，给她带来烦恼的斜视（这是她精神失常的诱因之一）已显而易见；一九三〇年，她站在家人及朋友旁边，傻笑不已；一九三二年，和父亲在一起，眼神忧郁而激动。此外还有一张，是她为父亲的诗集设计的图样，可以略见她的才华。我们几乎可以由此体会她整个前半生，她心灵深处某些东西，以及种种不幸经历（包括与贝克特的爱情悲剧）给她带来的极度痛苦。而译者所加的一处小小注释：“露西亚已于一九八二年逝于英国。”更使我想到世间惟一回护她的父亲死后，精神崩溃的她竟然活了四十一年，岁月漫漫，人何以堪。从前我读过一本《乔伊斯与诺拉》，记述露西亚事迹好像更多，却未留下深刻印象，由此可见图文书的效用了。

二〇〇一年九月二十一日

再谈图文书

拍过《战舰波将金号》的苏联导演爱森斯坦，未及完成的计划之一是将《资本论》拍成电影。按照他的看法，电影“能够把形式纯粹、有意识形态论辩素质的辩证法具体和通俗易懂地表现于银幕上，而且它也有这种义务”（基多·阿里斯泰戈：《电影理论史》）。热衷于出版图文书的编辑如果得知此事，大概会很受鼓舞。爱氏旨在阐释他的蒙太奇理论，现在我们给文字配图，道理却相去不远。从这个意义上讲，无论什么文字都能配图，假如配得恰当的话。

我谈起这个话题，是因为时至今日，图文书已经成为书籍的重要品种，而且不限于艺术、传记和历史，就连随笔、小说与理论著作，也有配图的了。姑且不论对与不对，这至少不是单方向的举动，的确受到许多读者欢迎。就这些读者而言，阅读习惯可能已经改变，再让他们读密密匝匝满页文字，也许不很舒服。穿插一些图像，大概感觉较为轻松，精力得以调剂。进一步说，图像也可以使读者感受更其形象，思绪有所引申。文字配图，大概就有这样视觉和心理的两重意义。“图文并茂”可能最早始于报纸、杂志，进而延及书籍。从另一方面讲，也可以理解为影视手段对于文字形式的有力影响。举个例子，过去新闻只是报纸上的几行字而已，后来有了电视新闻，内容未必增加多少，但是配以影像，大家就觉得真切多了。

以上说法，或许不无夹缠之嫌。图文书是个新名目；书中有图，却是古已有之。陶渊明《读〈山海经〉十三首》之一云："泛览周王传，流观山海图。"鲁迅在《阿长与〈山海经〉》中讲儿时爱读《花镜》、《山海经》、《尔雅音图》和《毛诗品物图考》等，都有绘图。明清的绣像小说，我也看过不少。不过这些都是"插图"，只是"文—图"关系的一类；另一类可以称为"配图"。区别在于其一图像与文字有直接联系，其一图像与文字没有直接联系。书中插图，如上所述，历来多见；书中配图，却是近年兴起，图文书虽是宽泛说法，主要还是就此而言，至于插图当然归并在内，不过更其顺理成章就是了。

配图图像与文字没有直接联系，那么干吗把它们放在一起，——具体说来，干吗在若干文字之间夹杂这些图片，这是一个问题。而且并非仅凭前述视觉效果就能解释得了，非另有意义不成。也就是说，虽无直接联系，却有间接联系。如果全然无关，恐怕该说糊弄事了。我因此一度对这类书颇感怀疑。这里试举两例。一是《一个后现代主义者的谋杀》，本是阿瑟·A.伯登所著小说，中译本加上一百五十多幅图片，于情节或气氛毫不相干，就中两位中国画家的三十四帧作品，更是没有来由。一是《近代美术史潮论》，板垣鹰穗一九二七年著，鲁迅于次年译毕。此书原有插画，这回重印，不知何故“略作增删”，增加的有作于板垣著、鲁迅译之后者，乃至终鲁迅一生根本不可能看见，如毕加索的《格尔尼卡》（一九三七年），就这一特定文本而言，实在讲不大通。所以且慢称许“图文并茂”。

说来我对图文书有所认识，也是由打这种书开始：既然它们缺乏道理，那么就该有些道理。不妨借用电影理论来讲讲这码事儿。论家谈及电影对话与画面的关系，有对位和对立两种，与这里说的插图与配图约略相似。所以于声画对位之外，另辟声画对立方法，无非是要尽量加大艺术空间，这也就是插图之外，还要配图的道理。图像之于文字，或为印证，或为引申，总归是更形象化的手段；以引申而论，如果插图是递进的话，配图就是跳跃了。所谓间接联系，其实是更高层面上的联系，联系不在字面，在于心理。直接联系也好，间接联系也好，读者总归能够确实把握一种契机，从而实现图像编排者期望在阅读过程中实现的效果。像《一个后现代主义者的谋杀》那样，则是根本不存在联系，一切也就落空了。回过头去看爱森斯坦，当然不是简单图解，而是充分理解文本之后，赋予一种形式，或者说创造一种形式。假若对文本全无理解，只是搀杂进去一些图片，说穿了无非添加篇幅，增大码洋罢了，于读者有何益处可言。

以上所说，仍然是文为主，图为辅，尚不足以概括图文书的全部。如果图的分量上升到与文并重，就有可能成为一种新的形式，这时图不仅是对文的印证与引申，同时也能独立地供人观赏。最终在读者那儿达成的心理空间，或许比前述以图辅文者更其广阔。无论插图，还是配图，都有可能发展为这种新的形式。后者好比重新出版的《艺术哲学》，前者则不揣冒昧地举拙著《不守法的使者：现代绘画印象》为例。这里所选三百余幅画作，文中均曾提及，所以算是插图，但是并无详细文字解说，我只是从“女人”、“大自然”、“梦”和“时代”几个方面入手，谈论有关某些画家的感受，不限于具体作品，却能在具体作品中得到落实。读者通过观赏画作与阅读文字，产生的是综合印象。然而也就平添两重困难：画作既要选择得当，又要印制讲究，与一般插图或配图者毕竟有所不同。说来为此的确用过心思，也下过功夫，效果如何尚未可知，至少因此明白图文书其实并不那么简单。

二〇〇二年一月三十一日

卷三

无题

父亲去世已经整整七年了。过去每逢祭日，我都要去八宝山为他扫墓，今天早晨偶有杂事，给耽误了。下午独自坐在桌前，打算写点东西以为纪念，但又不知从何入手，甚至连题目也想不妥当。父亲去世以后，我始终没有写出像样的纪念文章。我觉得人的情感，难得表达得恰到好处。常常看见报上此类文章，虚夸而不实在，简直不堪卒读。我相信不是装假，只是写坏了，非徒置自己于可笑境地，亦不无亵渎故者之嫌。所以轻易下笔不得。这方面佳作不是没有，譬如川端康成的《临终的眼》，真当得起"文情并茂"的话；对我来说，这样的文章，一生哪怕能够写出一篇也好。

父亲去世后，我为他编辑出版了《沙鸥诗选》和《沙鸥谈诗》，他一生的主要作品均已收录在内。假如父亲地下有知，他会认为这是纪念他的最好方式，——我说"假如"，因为事实上并没有这回事，我只是揣摩他的心思罢了；但是假如真有这个"假如"，我不知道此足以告慰故人，抑或不足以告慰故人。两本书无声无息出现在书店里，一段时间过后，又无声无息地在书店里消失了。

我当初急于出版它们，为的不致失传；然而尘封于图书馆或资料室的书架，算是传还是不传呢。偶尔还有人向我提起父亲；可是总的来说，他好像已经从阅读领域隐退了。父亲是诗人，而一个诗人的悲哀，大概莫过于此。对此我也只有无奈而已。至于父亲，前已言明，故者无知，——或许该说幸而这样罢。

说来我编辑出版父亲的著作，毕竟还是旧时文人“藏之名山，传之后世”的习惯思维方式使然。我期冀借助这些文本，有朝一日父亲会被读者重新发现。然而这种情况，只有在过去才可能发生，——那时读物总量无多，读者意犹未尽，偶尔想到该检点一下还有什么遗漏，最恰当的形容就是“未妨拍桌拾芝麻”。现在是信息爆炸时代，大家面向未来，应接不暇，谁还去管从前有什么东西埋藏在什么山里呢。此举之徒劳无功，可想而知矣。然而我所能做的也只有这件事，勉强地讲，是乃知其不可而为之也。

我上来就讲写不成文章；现在写了几百字，一看果然不行，像是一味抱怨似的。的确我曾经想，父亲直到生命最后一刻都在追求如何把诗写得完美，恐怕也是明珠暗投。然而这番心思，已经淡去许多了。现在我写这篇文章，与其说纪念父亲，不如说要对我自己有关父亲生前故后际遇的不平做一了结。父亲已经亡故，所留下的作品属于仍然存在的世界，而他本人不复是这世界的一分子；读者看也好，不看也好，与他了无干系。——对于这虚拟的“读者”而言，无论父亲，还是我，已经做了所能做的全部事情。

这里谈到读者，然而我真正能够了解的，只是身为读者之一的自己罢了；至于所谓“读者群”到底是怎么回事，可以说始终不大明白。我们常形容某个人“以管窥天”，其实群体视野往往比个人视野更为狭隘。那么作家及其作品在这一群体视野中呈现与否，无疑都是正常现象。我们不妨想开一些，说是一种缘分好了。文学史上呈现于群体视野的作家，确有不少完整地保持了自我，所以我并不一概认为这是媚俗的结果；但是它未始不会成为媚俗的动机。对于我们来说，结果不可预测，动机却在掌握之中。其间高下之分，恐怕即在于此。

反观父亲的一生，解决这一问题实非易事。我觉得世间惟一可以诱惑作为诗人的父亲的，也许就是“读者”了；虽然很长一段时间，这仅仅是他的一个念头而已。父亲曾长期陷入矛盾之中：既不肯轻易放弃自我，又努力争取读者注目。他浪费了太多时间去寻找那个临界点，终于有一天明白过来，其间并无可以调和之处。父亲从未拒绝读者；是作为群体的读者拒绝了他，把他推向一个完全属于自我同时也完全属于诗的世界。如果不是这样，我甚至担心他能否把持得住。这时他已经老了，所以也就没有挽回的余地。写《一个花荫中的女人》和《寻人记》时，父亲可能真的走上了一条孤绝之路。他因此而变得纯粹。父亲一生所追求的，在最后时刻实现了；也许为此付出了代价，——然而那是什么呢，如前所述，只是本来就不存在的幻影罢了。我在这里讲述的，是一个曾经生活在这世界上的人如何把握自己的故事；对父亲来说，他放弃了虚幻的东西，抓住了实在的东西。

二〇〇一年十二月二十九日

后来的事

拙作《插花地册子》有“创作生涯”一章，最后归结为一事无成，就此搁笔。然而所述仅限于从前写诗与小说的经过，至于这几年出版的东西，觉得已与文学无缘，故尔未曾谈及。前不久李君维老人（即四十年代小说《绅士淑女图》的作者东方蝃蝀）有信来，问我一些后面的情况。——恰恰他是因为读了《插花地册子》而与我相识的，那么就再来略讲几句。说来此文应该呈献给他，当然作为我那小册子的补遗亦无不可。

我此后做的事情，其实都根植于既往岁月，不过有的早些，有的稍晚而已。最早的当数文学与哲学，乃是先父沙鸥先生七十年代初回到家中，为我们兄弟姊妹开课讲授的。父亲当时买到几种书，譬如《简明哲学词典》、《中国哲学史新编》等，我也曾翻阅，得知那些哲学家著述如何，主要观点如何。我对哲学特别是中国古代哲学的兴趣，即是由此而来。其中先秦诸子，好像更有意思。所见的头一本子书是《公孙龙子》，也是父亲买的，虽有白话译解，《指物论》、《通变论》等篇，一时我还不能明白。《论语》系从士行兄处借得，读了甚感佩服，虽然完全懂得也是后来的事。八十年代中期，我决意放弃写作，专心读书，首先打算好好一读的，乃是《庄子》。以后我写《樗下读庄》、《老子演义》，说得上是少年时代那点兴致，始终未减。如果有机会，还想写一本关于《论语》的书，已拟定题目曰“仁论”。在我看来，孔、庄、老三家，已将先秦哲学主要路数囊括在内。孟、荀承孔家流脉，尽管彼此有别；孙、韩得老家衣钵，虽然分别标举“兵”、“法”的名目；只有庄子自适其适，千古一人。如果《仁论》得以写成，算是圆了我当年一个梦了。

父亲教我文学，原本包括两方面，一是创作，一是理论。创作我尝试多年，写了至少一百万字，结果白费力气；勉强讲有点儿收获，即如《插花地册子》所说，得以做到文从字顺罢了。父亲的文学理论，就像他讲的哲学一样，其原则与当时的正统观念并无区别；区别在于他很强调写作技巧，这个对我影响最大。我看父亲写的文章，与后来读到的历代诗话、词话一样，都涉及具体创作规律。可以说他传授给我一种方法论，其关键在于感受与分析相辅相成。以后我虽然不复从事创作，却一直思考有关创作的问题，主要侧重于散文，也曾谈及小说和诗歌等。所写文章多很零碎，散见于几种集子。稍成片段的，是关于周作人著作的《苦雨斋识小》。父亲此番影响，对我而言并不仅限于讨论文学问题；所写的东西几乎都用了这个法子。——为此我很感激父亲，而且永远为他感到骄傲。我还写过几篇讨论美感的小文章，希望将来能够系统一谈。美学问题父亲也很关注；与哲学问题一样，我们看法不尽相同，但是这个门儿总归是他领进来的。

为编辑出版周作人、废名等人的著作，我颇用了些时间精力，或许超过自己写作也未可知。这当然是出乎对文学的爱好，以及某种文学史观或散文史观的体现，所以不妨趁谈及文学时一并提起；不过若是归之于因为喜欢读书，而对书这一形式多少有些个人理解，可能更为恰当。周作人著作的整理并非由我开始；作为一个读者，我曾经充分享用过别人的成果。但是说句老实话，我对别人编书的方法并不完全认同。要是让我讲自己的编书观，则是以不编为编。我不希望通过重新编辑，削弱乃至抹杀了作者原来对自己作品的把握，——如果的确存在这种把握的话。这一看法别人无须认同；然而遵守自己所确定的体例，使之贯彻一本或一套书的始终，却是任何整理者都该做到的。至于删削改窜，有违道德，更是不言自明的了。

文学与哲学之外，另外一项兴趣是历史，而这起始更早，真说得上是自小的爱好了。人多知道一些世界上的事情没有什么不好。这包括两类，一是已发生的，指向过去；一是未发生的，指向未来。相比之下，我对前者更其留心；不过也许二者根本就是一个方向，明白了过去也就明白了未来。我胡乱看了点儿这方面的书之后，关于历史多少有所认识。偶然得到机缘，写了《史实与神话》；不然我也想不到梳理一下自己的看法。在这本书里，我还表达了关于中国传统文化的基本认识，而这与前述对《论语》、《庄子》所下的功夫是两码事，——在我看来，孔子也好，庄子也好，一概置身于传统文化之外，传统文化始终没有收纳他们，顶多用以标榜罢了。

话说至此，我的大部分精神生活已经介绍完毕；当然也不妨再来添上两点。一是看电影，说来话长，留待将来再讲；一是看画，我就此写过一本书，先叫作《画廊故事》，以后修订为《不守法的使者：现代绘画印象》。我的看画的经历并不很长，主要得力于九十年代中期结识 François Morin，是他引导我对西方现代绘画真正有所认识。但是我后来所写的并非严格意义上的画论。绘画可能是种借口，而在这个当儿，或许我对谈到的那些画家多少有所了解，同时也有所理解；我说的更多的恐怕还是别的方面的话。这里的四个题目：“女人”、“大自然”、“梦”和“时代”，我想是具有某种概括性的，至少对我来讲是这样。

《插花地册子》的末尾，有番话说：“记得维特根斯坦说过，一个人对于不能谈的事情就应当沉默。现在我倒似乎可以说，一个人谈了他能谈的事情就应当沉默。”请允许我在这儿重复一遍，——虽然我已经谈得太多，这句话也讲了不止一次了。

二〇〇二年二月二十四日

不上班的故事

不上班就是不上班，并无故事之可言；中意这个字面，特地一说罢了。当然问题可能并不这么简单。查《现代汉语词典》，“故事”释为：“真实的或虚构的用做讲述对象的事情，有连贯性，富吸引力，能感染人。”这里别的话都不吃紧，关键在“事情”二字，亦即有具体内容是也。或许我暗自担心，同时特别强调的，正是这个。多年前我在一家报社上班，每日里无所事事，一上午要往传达室跑好几趟，等着看当天各种报纸，待到一概看完，也该吃午饭了。午休之后，大家闲聊会儿，随即下班回家。我很担心不工作后，也是如此情形。而且当时虽然虚度时光，到底还有收入；此刻要是这样，岂不全无着落了么。我现在用北京话讲是“在家待着”，——这个“待”字的意思，一曰“驻足停留”，一曰“无事可做”，我并不希望两样儿一并都坐实了。

我的这份儿担忧，说来早已有了。三十岁时，我到一家外国公司打工，本是临时性质，后来一共干了十多年，实在纯属偶然。但这活儿总归有干不了的一天，到那时候怎么办呢，不能不预先替将来打算。正好有编报纸的朋友约我写文章，于是“一发而不可收拾”。写作之事早就歇手不干，此时工作很忙，反而重操旧业，因为别无本事，这个好歹懂得一些，也算是个事由儿，弄不好将整个余生投入其中也未可知。所以不上班的故事，须得从上班讲起，否则不上班真的没有什么“故事”了。这样谈论写作，似乎有失虔诚；然而视之为终将一生对待的事情，也算认真的了。而且关心更多的还是行为本身，结果如何则无从逆料，也无须逆料。反正选定这个方向就是了。

在公司打工期间，我前后出版了六本书：《樗下随笔》（一九九五年）、《如面谈》（一九九七年）、《樗下读庄》（一九九九年）、《六丑笔记》（二○○○年）、《画廊故事》（二○○○年）和《史实与神话》（二○○○年）。写作数量逐年增加，似乎有向不工作过渡的趋势。然而对我来说，写作仅仅提供了不工作的可能性，至于将此可能变为现实，却是事出无奈之举。在我看来，业余写作未必不好；进一步讲，职业写作未必就好。后者时刻面临一个问题，即写不出来怎么办；前者则无所谓，总归还有别的事情可干。此外还与写作成为生活来源有关，职业写作较之业余写作，更容易流于功利化或庸俗化。至于置身体制内外的问题，恐怕主要还在思想与思想方法，体制内的人可以写出体制外的作品，而体制外的人未必不以体制约束自己。此外大家谈起这个事儿，往往强调时间因素，好像个个文思有如泉涌，简直不及写在纸上似的。但是我读托尔斯泰最后一年的日记，常常抱怨自己心情恶劣，不能工作；鲁迅在《答北斗杂志社问》中说：“写不出的时候不硬写。”说明也不无这种时候。时间有有效与无效之分，只有被利用了才有价值；时间充裕，虚度的可能性就更大。相比之下，心境比时间重要得多。坦白地讲，我自己心境好的日子不多，一年下来不足百日，业余写作可能对我更为适宜。

从另一方面考虑，正如加缪所说：“重要的不是活得最好，而是活得最多。”（《西绪福斯的神话》）“多”可以就某一时间向度而言，即做完这事再做那事；也可以就某一单位时间而言，即同时做不止一件事情。这些事情彼此无所冲突，生活也就变得丰富多彩。生活、工作、读书、写作，未必不可能互相调剂，实现和谐；人生也就因此而具有更大的可能性。

这自然是理想状态，而理想的事情在现实中往往落空。前面我说写作要有心境；我当时所做工作，并不需要心境，却能破坏心境。从前我写过一篇题为《谈心境》的文章，其中有云：“我们究竟需要有多么坚强，才能像守住城堡似的为自己守住一个好心境呢，即使不写什么鸟文章也行。”此乃由衷之言。说来我是难得愉快的，但是却忍受不了不愉快，尤其眼见得这不愉快没有尽头之时。那么干脆辞职好了，至于写作尚是余事。当时给一位朋友写信，曾说：“一般说来，我是可以‘为五斗米折腰’的，但是这也是底线了：倘若‘米’已经不够‘五斗’，或‘折腰’进而还要趴在地上，则我也就敬谢不敏了。”回想起来，好像并无夸张之处。

不上班总归是生活状态有所改变，开始不很习惯，还是担心无事可做。正好——又是“正好”，很凑巧似的，不过事实的确如此——有出版社约我写一本自传。我就写了《插花地册子》（二〇〇一年），说是自传，实际上是读书回想录。每日写一点儿，就像上班一样；不到两个月功夫，写了十万多字。这才算是“平稳过渡”。对我来说，不上班的最大好处，还在于免除了心境恶劣的主要因素，这一点至关重要，就像我在前述文章中写过的：“自然并非要写此作什么‘幸福论’，但我相信人世间一切荣华富贵，归根到底还是抵不上一个好心境的。”虽然在家一年半的时间，除《插花地册子》外，也只完成了《老子演义》（二〇〇一年）、《苦雨斋识小》（二〇〇二年）和《沽酌集》（二〇〇二年）等三本书，以数量计，与上班时相差不多。大概想好了要写的东西仍然只有那么多，就算有时间了，也做不到一天到晚写个没完，——兴许别人可以，我则自愧未能。如前所述，我原本无意职业写作；如果能够避免写不出与功利化两重危险，就很感幸运了。

现在对我来讲，重要的是如何打发不想写文章的时间，——过去安排得最好的时候，这些时间本是用于工作的。不上班之后，我把“周作人自编文集”校订完毕，一共有三十六种，四百多万字。做这样的事情，对我来说有如工作一般，可以日复一日从事，不像写作有待兴会，需要凑泊。以前上班时也编订出版过几本书，这也可以说是为日后不上班所做的准备。——这么讲话，好像处处都要安排算计似的；我承认有那么一点儿，但是不尽如此。清人项鸿祚云：“不为无益之事，何以遣有涯之生。”《〈忆云词丙稿〉自序》此中深意，多少也能理解。人生漫漫，总得想法子把它填满。

以上所述，多系一己感想，而且卑之无甚高论。不如于篇末略陈事实，俾使所谓“故事”不至落空。不上班之后，早晨无须按时起床，相应夜里也就不用按时睡了。每日想写东西就写，不想写就读书，与家人聊天，或打打电话，晚上则看 DVD 以为消遣。此外并无别种爱好。我住在城外，隔一两周总要进城去与二三友人见个面，也买些书或碟回来。前些时发愿把罗伯-格里耶作品的所有中文译本一气读完，用时近一个月，所读计十九种，颇有写意之感，视为一项工作亦无不可。

二〇〇二年四月二十三日

我的书评生涯

我现在算是“自由撰稿人”，——这句话的意思之一是不务正业，或者说无“正业”可“务”。可是人总归要做点事情。在所“务”的“非正业”中，也有主次之分。这几年里我编辑整理了周作人和废名的不少著作，大概可以算是“主”，而自己写东西就只能归为“次”了。这可以分成两类。一是专门写的五六本书；一是零碎的小文章，前后编为四个集子，即《樗下随笔》、《如面谈》、《六丑笔记》和《沽酌集》是也。总共二百多篇，其中书评占到一半以上，其余的也与书不无关系，真正称得上是散文的，不过十篇左右。

我写书评只有四五年工夫，此前也读过不少书，当时没有人叫我写文章，所以没写。从这个意义上讲，书不能不读，书评却不是非写不可。但也不是说写书评一点好处没有。读一本书，意义只在于读了，有无感想本无所谓；现在因为要写文章，就不能不多想一想。过去可能也有感受，无非只言片语而已；要写成一篇文章，应该想得深入一些，系统一些。写书评的最大好处，正在思想方面。或许要说，这不就是没话找话的意思么。但是思想的确是个绵延的过程，想到哪儿算哪儿，想明白就明白了。那么订正一下，好处在于思想方式。当然也有另外一种情况：某个想法，自家已经酝酿多年，趁写书评的机会，把它表述出来。这就要彼此凑泊得好，所谓可遇而不可求也。

我们所读的书，有的是非读不可的，譬如上学用的课本，学习用的材料，等等；有的是可读可不读的，——平时说的读书，所指都是后者。明白这个道理再来读书，读书就不再是一种负担。谁也不可能读遍世间所有的书。就我个人而言，很早以前即已大致划定范围，后来写书评，仍然未逾此一界限。如果上面说的是没有感想的书不能评说，这里要说的就是不打算读的书同样无法议论。为了写书评而读书，此类情况当然也有，前提是那本书本来准备要读，正好一举两得。迄今为止，我所写的书评主要是思想与文化两类，文学则仅限于翻译作品，抑或中国现代以前所作，新近写的大多不曾寓目，所以不谈。当然我读之与否，纯系个人兴趣，并无什么道理。若是泛泛而论，个人时间与精力有限，读书还以简择为要。虽然都讲“开卷有益”，别忘了尚有“问道于盲”一说呢。

我写书评，即如这里所说，不曾改变自己的读书习惯；但是反过来讲，过去的读书经历，未必不会影响现在的书评写作。所评论的书有些从前看过，现在要写文章，总还得把那书重读一遍。读一本书看似简单，却关乎一己当时的眼界、见识与阅历；这些改变了，价值判断也就有所不同。所以旧日印象不足为凭，据此立论，未免可笑。梁任公说不惜以今日之我与昨日之我战，这态度我最服膺，除非今日之我就是昨日之我，多年不曾长进。至于略翻一过或根本不读，就更不敢取这个巧了。或者说为写区区小文章，还要老老实实把一本书从头读到尾，未免不大值得；我想值得的是读书，不是写文章。我的书评观只有四个字，就是“读过再说”，以上所谈均可包括在这句话里，盖读与不读尚须经过一番斟酌也。

前面讲所写的东西分为两类，那么其间有什么关系，似乎也是一个问题。其实并没有关系，也不分主次。俗话说“一心不可二用”，乃是在慨叹人的局限性；假如一心可以二用、三用乃至多用，岂不是无形中延长了自己的生命么。不过至少我做不到，总是写完这个，再写那个。所以我写专门的书与写书评，互相没有帮衬，却也不构成干扰。勉强讲是彼此有所调剂，或者共同填充了我的空闲岁月罢。然而不是得空就能写作，心境不佳什么也干不成，那么到底填充了多少，也很难说。曾有朋友劝我少写文章，说想法零卖可惜，不如凑个整儿。我知道此乃好意，可是想法原本零碎，无从凑合；而且想完也就完了，如不记录下来，哪里还会记得。讲到这儿意思自明，敢情写书评就等于记读书笔记。这么一来，把想法阐述明白也就行了，好比平常说话一样，从来没有当成正经八摆的文章去写，——说句老实话，那样的文章我不会写，也不愿意写。

二〇〇二年一月二十三日

周作人与我

很早就拟定这个题目，迟迟不曾动笔。过去写过几篇类似文章，所谈都是我在思想或艺术上对某些作家的认同，所以特地标明“与我”二字；文章里面虽然不大讲到自己，却多少也有自述意味。从这一点考虑，最该写的就是“周作人与我”了，——我读此老著作最多，又自己动手整理出版过不少；彼此之间既是读者与作者的关系，又是作者与作者的关系。然而正因为如此，写来很不容易：强调相同之处，近乎攀附；强调不同之处，又显得自大。一番斟酌之后，索性有一说一，有二说二；知我罪我，悉听尊便好了。

关于周作人，论家都讲一言难尽，现在缩小到“与我”之内，只讲两点，即“作为散文家的周作人与我”和“作为思想家的周作人与我”。我小时候便爱好文学，练习写过诗和小说，惟独对于散文，很晚才予以关注。偶然读到知堂的几本书，我明白过来此前自己所接受的那些流行观念都是错的，照那样子去写，只会把文章写坏了。我由此悟得与此不同的文章写法，归结为一点，即作者行文时非对象化的态度。周氏写过一篇《谈文章》，文章不长，所论至为精辟，可谓毕生总结。这里不复据引，另举一例以为说明。《庄子·徐无鬼》有云：

“吴王浮于江，登乎狙之山。众狙见之，恂然弃而走，逃于深蓁。有一狙焉，委蛇攫搔，见巧乎王。王射之，敏给搏捷矢。王命相者趋射之，狙执死。王顾谓其友颜不疑曰：‘之狙也，伐其巧恃其便以敖予，以至此殛也。戒之哉。嗟乎，无以汝色骄人哉。’颜不疑归而师董梧以助其色，去乐辞显，三年而国人称之。”

唐宋八大家以降，多少人写文章无非都是“见巧乎王”、“以汝色骄人”，一味在那儿渲染作态，生怕读者不予留意。我写《樗下读庄》，对此解释道：“庖丁（《养生主》）的对象除了所解的牛之外没有别的，佝偻者（《达生》）也是‘虽天地之大，万物之多，而唯蜩翼之知’；如果庖丁‘提刀而立，为之四顾，为之踌躇满志，善刀而藏之’是做给什么人看的话，那就是个丑角的形象了。自然状态首先就是无对象的状态，道的境界是无人之境。‘无以汝色骄人哉’也是针对这一点说的，关键是无论在什么行为中，既不要有个‘汝’在，也不要有个‘人’在。自然性与表演性是不相容的，对象化就是社会化。”说来这事情最简单不过，写文章自不例外；可是只有到了周作人这儿，才在散文美学观念和写作实践中得到真正解决。我明白这个道理，开始写自家的东西；若说在这一点上受到他的影响，那我是老实承认的。

当然古往今来，这样写文章的并不止知堂一家；可以一直追溯到先秦的《论语》，六朝的《颜氏家训》等。《论语》成于孔门弟子及再传弟子之手，孔子的意思具在，作者无非记录下来，正所谓“辞达而已矣”。然而颜之推的书题为“家训”，怎么算是非对象化呢。所谓非对象化，亦即不管对方反应如何，只是姑妄言之；他并不想借助遣词造句，制造什么效果，起到何等作用。以此求之《颜氏家训》，正得了《论语》真传。而周作人与《论语》、《颜氏家训》，又是一脉相承，不过他更其自觉，写得更成规模就是了。后来宗周者不乏其人，说句实在话，未必一概把握住了此一关键之处。

我读《论语》，很留心孔子所说的“仁”。他老人家本有极好想法，但是向来不曾构成中国传统观念的有机成分，更谈不上具体施行了。我对后一方面不很关心，单以思想而论，实为中国古代之伟大精神遗产。孔子谈及“仁”不下百次，其实质究竟何在，《论语》并未著之字面。我读知堂的文章，觉得《人的文学》里所说“个人主义的人间本位主义”，揭示的乃是同一问题，“仁”之要义正在于此，人只要生活在人群中，对此也就无法回避。后来他写《中国的思想问题》，虽然不复沿用此种说法，意思还是那个意思，论述则更其深入全面：

“人……与生物同样的要求生存，但最初觉得单独不能达到目的，须与别个联络，互相扶助，才能好好的生存，随后又感到别人也与自己同样的有好恶，设法圆满的相处，前者是生存的方法，动物中也有能够做到的，后者乃是人所独有的生存道德，古人云人之所以异于禽兽者几希，盖即此也。”

这是周作人思想的核心所在，也是他在这方面给我的最大影响。过去我写文章说："我想西方文艺复兴之后，人们对人道主义往往有所误解，把它当成纯粹的个人主义了，实际上人道主义是一种社会主义，其出发点不是社会中的某一个我，而是每一个我。说得明白一点，人本主义不是'我本主义'。"思想家周作人涵盖广泛，我最服膺的便是对人道主义的上述解释；人道主义者周作人并不为我完全认同（譬如后来倡导的"道义之事功化"，我就多少有所保留），此种贡献在我看来却不容忽视。我自己的思想相当驳杂，从孔子到周作人乃是来源之一。我希望有机会能够把"仁"与"个人主义的人间本位主义"打通了写成一本书，好好梳理一番。

以上所说，即为"周作人与我"的"同"的一面，——这两点对我相当重要，对周作人可能并非如此；至于"异"，多半还是自己学力不够，无法企及所致。说来也有两个方面。第一，读周氏所作《我的杂学》即可得知，其学问计有古文、小说与读书、古典文学、外国小说、希腊神话、神话学与安特路朗、文化人类学、生物学、儿童文学、性的心理、蔼理斯的思想、医学史与妖术史、乡土研究与民艺、江户风物与浮世绘、川柳落语与滑稽本、俗曲与玩具和外国语等各项，而所说尚不齐备。其中希腊神话以下，我完全是外行，凡与这些有关的，只能避而不谈。第二，周氏文章，阐述思想者固然很多，也有不少旨在单纯介绍。其中涉及外国文学或思想时，所举例子大都直接译自原文；谈到中国古代一些笔记，原著大家往往难得读过，甚至连书名都不曾与闻，作者特为披沙拣金，摘录若干。一言以蔽之，他知道的太多。上述工作颇有意义，却是别人根本做不到，也学不来的。现在我们写文章，也来抄引一点例证，然而都是常见货色，所以非写出一己独特理解不可，若是照搬“文抄公”写法，那就不免有些可笑了。

说来个人兴趣不同，谈论的话题也有区别。周作人自从宣布“文学小店”关门，为自己划定的范围就限定在广义的思想方面。偶尔接触文学作品，所讲的也只是“文章”，而不是“文学”。他的两位弟子俞平伯与废名，多少有所不同。俞平伯所著《读词偶得》、《清真词释》，承袭古人诗话、词话路数，分析更其细腻；废名解说庾信、李商隐、温庭筠等，最得要领，而其兴趣并不限于文学一脉，研究《论语》与禅宗，特有创见。我自己因为受家庭影响，所以喜欢体会诗歌小说写法；后来又对中国古典哲学很是关心，写有《樗下读庄》和《老子演义》。那么在苦雨斋师徒之间，倒是与师父相远，而与徒弟接近了。现在说起“周作人与我”，不想当中却隔着废名等人。至于我讨论西方现代绘画，也纯属一己爱好。周作人思想进入成熟期后，便以反理想主义者自居；然而他始终未曾完全排除理想主义色彩，说到底还是一个启蒙主义者；此乃时代使然，虽然他已经达到当时的巅峰之处。我作为后来者，反理想主义可能更为彻底，——也许因为所面对的世界，已经变得更不成样子了。启蒙主义者最终不放弃绝对的价值观，这也不难理解；只是那个绝对不必太绝对了。说句老实话，什么我都可以接受，但并非什么都能够认同；然而无法要求前人也是这般想法。

二〇〇二年二月十一日

闲话一二

我把整理出版“周作人自编文集”视为一生主要工作之一；事实上也是如此，整整忙了两年时间。我读苦雨斋的书，始于十五年前，最早接触的是上海书店影印的三种，即《知堂文集》、《知堂乙酉文编》和《过去的工作》，内容不说，单那形式就给我留下很深印象。以后读到周氏著作各种选本，都不能令人满意。作者生前编定一本本集子，无不花费一番心思。而且不像鲁迅惯用编年方法，一本书中文章排列顺序，乃是别有安排，好比营造一种语境，后人打散重编，这语境也就破坏了。岳麓书社曾经大致依照原样出过其中十几种，说来甚合我意，可惜中止了；如果当初此事得以完成，我倒是乐得只当读者。而没来得及出的那些，却是平常不大容易见到的。一度我打算接着做下去，先是编辑出版了《关于鲁迅》，内收《鲁迅的故家》、《鲁迅小说里的人物》和《鲁迅的青年时代》；继而计划把自《秉烛谈》至《过去的工作》各集合刊一部“知堂十种”，却未能如愿。后来再读岳麓版诸书，觉得装帧未免简陋，校改略嫌过头，所以下决心整个儿重做一遍。恰好与出版社方面不谋而合，于是就动手做起来了。

“周作人自编文集”这题目上来即已拟好，意味着划定一个范围。集外单篇文章还有很多，后人汇录为《知堂集外文·〈亦报〉随笔》、《知堂集外文·四九年以后》和《周作人集外文》（一九四九年以前部分）出版，虽然尚不齐全，已有二百多万字了，——只是将作者自编《木片集》当作“集外文”拆散收入《四九年以后》，实属不当。整理出版周氏的集外文，诚为必要之举；然而周氏的集外文与集内文，严格讲并不具有同等价值。特别是早中两期，当时他出书实非难事，之所以不打算收入集内，想必有其一番道理。虽然不能一概而论，譬如《秉烛谈》有“明珠抄”一组，篇末云：“‘明珠抄’十九首，本是念五年冬间为《世界日报》‘明珠’栏所写，今因上海兵燹，原稿散失，重检得六篇收入，皆是年十二月中作也。”另外那十三篇，或许本有收录的可能；但是像《遇狼的故事》所说的“此次又复谈起狼来，陆续写了数千言，近来想要编集，这种文章照例是不适用”，显然与之不可同日而语。这当然只是作者自己的意见，但是我们未必不应予以尊重，至少也当引为参考；我读后人所编分类或编年本子，集内外文混在一起，似乎不甚妥当。至于晚期文章很少收集，部分或是出于无奈，但是我们无法代为甄别；而且将自编《木片集》与当初报纸刊文加以对照，字句改动颇多，从这一点考虑，集外文与集内文也有区别。此次只整理出版作者亲手遍就的集子，就是这个道理。

严格说来，“自编文集”这名字需要打些折扣，至少得加个定语，即校订出版的只是“现存的”周作人自编文集而已。曾面世者，未面世者，凡是目前确实找不到的，也就不在此列。而这颇有几种。据《知堂回想录》记载：“在乙卯年十月里，将那讲希腊的几篇抄在一起，加上一个总名‘异域文谈’，寄给小说月报社去看，乃承蒙赏识，覆信称为‘不可无一，不能有二’之作，并由墨润堂书坊转送来稿酬十七元，……”有关周氏的传记论著谈及《异域文谈》，往往闪烁其辞，从不超出《知堂回想录》的介绍范围，我想议论者其实未曾寓目。此书遍觅不着，或已失传。此外散失的书稿，尚有《桑下谈》（一九三七年）和《绍兴儿歌集》（一九五八年）两种；一九四五年还曾写有一本笔记，也已亡佚。记得周劭著文说“文革”后见过知堂一部手稿，题为“秋镫小抄”，或即为该书欤，然早已不明下落。除去这些，周氏自编文集共计三十六种，都收入这套丛书了。

以上讲了许多，可以归结为“存真”二字。我编订周氏翻译作品为“苦雨斋译丛”（已出十种），即遵循此一原则，这回也不例外。所以尽量选取较好版本；编次内容，则一律依照原样。所谓“较好版本”，即从后不从前，以作者最终确定的形式为准。譬如《自己的园地》最早由北京晨报社印行，以后作者重加编订，另由上海北新书局出版，这次遂选择后者作为底本。当然“较好版本”只是相对而言，不一定尽善尽美，此时存真就成了最高标准。周氏各书面世于不同时期，受当时特殊情况影响，或有不尽如人意处，好比为《秉烛谈》所作序言，该书出版时未及收入，而编进《秉烛后谈》；《秉烛后谈》的序言，则编进《立春以前》。凡此种种，皆一仍其旧。当然调整一下轻而易举，然而也就违背尽量存真的初衷了。其实此等处最能见着时代痕迹，保留不无意义。另外《知堂乙酉文编》与《过去的工作》本系一书，题为《乙酉文编》，由曹聚仁析而为二，以谋出版；此事发生在作者生前，可以认为是经他默许了的，因此也就保留原样。总之整理前人著作，除必要之举外，编者个人色彩愈少愈好，这是我的“编书观”。当然不是说什么事情都不干了。这也可以举个例子，《苦雨斋序跋文》中，《点滴序》与《空大鼓序》二文原来内容颠倒，张冠李戴，当系编辑失误造成，这次便掉换过来。此做与不做的分寸如何把握，不妨设想一下，假若作者健在，他会怎么行事。此语近乎玄虚，却是大致不差的。

我为这套书所做事情，始终未曾超出“校订”范围。具体地讲，即：一，尽量搜求多种印本及报刊进行校勘，并对显系排印失校者酌予订正；二，将繁体字改为简体字，但可通假者仍予保留；三，给正文中提到的书籍和文章标上书名号，原作书名写法不规范，不便添加符号者，容有空缺；四，其他标点符号用法，多依从作者习惯，只对个别明显排印有误者予以改动。这里插说一句，这些年来出版书籍，大概为了醒目起见，常将引文单独分段，上下空行，改排另种字体。这办法决不适用于知堂文章，尤其是“文抄公”之作，因为那里大量引文与其间所缀己语完全融为一体，倘予以割裂，文章气脉就断绝了。

上述诸事，最重要也是最困难的，是第一项。例如《知堂乙酉文编》中有篇文章，正文、目录均作“无生老母的信息”，此文原载于《杂志》十五卷四期，亦作“信息”，殊不似知堂惯常用法。查手订目录以及信札，一概写为“无生老母的消息”，于是依此改正。又文中引语有“有曾子，前来引路”一句，前后皆为三、三、四句式，可知此处脱失三字。复查《杂志》刊文，乃是“有曾子，和孟子，前来引路”，因予补上。通过此类校对，我有一个发现，说来很有意思：周氏集子里的错字，文章最初发表时有错的，也有不错的；报刊上的那些错字，集子里多半依旧如此。周氏给报刊写文章，一律索回手稿；那么后来编集子（前述《木片集》除外），提供给出版社的并非这些原稿，而是剪报了，虽然他讲过保留原稿是为了“以备编集成册”（《〈周作人文稿〉跋》）。而作者对所编集子，似乎并不多加校订，所以一本书初版如有错字，以后各版亦不见改正。从前读到废名在《知堂先生》中说的：“他对于自己是这样的宽容，对于自己外的一切都是这样的宽容，……”尚感不解，至此乃有所领会了。

至于二三两项，看似简单，其实不然。关键是要建立一套标准，能够一以贯之。常常此处改着合适，彼处却行不通，只好把原来改过的再改回来，以至一大摞校样，整天被我翻来覆去。有两位朋友在这方面给我不少帮助，一是谷林翁，一是扬之水，我所犹豫不决者，每能代我一决之。谷林翁前后赐函六七通，专门讨论上述标准问题，对我来说，诚为振聋发聩。譬如我曾询问《关于陶筠厂》一文中“抄”、“钞”互见，是否应予统一，回信有云：“顷得廿三日手笺，即检《药味集》中陶筠厂一文读了两遍，并将相关字句列出，稍作比较，我觉得似乎‘钞’字是照原书径引的，即指筠厂的各书‘抄读’，‘抄’字则是指《筠厂文选》所抄入的各书小引及选录原文，因之仅第十五页三行的‘越绝书抄小引文选无之’一句的‘抄’可斟酌外，其余似悉可不改。因抄与钞两字通行，不在异体之列，也不属于繁简的区分，我们现在求‘统一’是要求改正信笔任意写出的并行文字，如作者写成两体却是经过思虑显有区别的，则不必为之强扭。上述十五页三行原文，如作‘文选未抄越绝书小引’或‘越绝书小引文选未抄’，则‘抄’自不当改，现在的写法却可读作‘《越绝书抄小引》，《文选》无之’（即引书名时略一‘读’字），故尚可斟酌改与不改之间也。”小子何幸，得遇如此用心之人，古人云“天时地利人和”，至少末一项是占着了。

“周作人自编文集”绝大部分均为印本重刊，有两种却是例外，值得一提。一是《老虎桥杂诗》。周氏旧体诗集，从前岳麓书社印行过一种《知堂杂诗抄》，即便删去后人增补部分，仍然无法恢复原貌，与“自编”体例有所不合。谷林著《书边杂写》讲到，六十年代初他曾从周氏借给孙伏园的手订稿本过录一册，迄今尚存。这次承蒙慨允，因据以排印，收入丛书。此本且较岳麓本多出三十多首，其中有二十首向未发表。纵览周氏著述，反思生平最深切者，莫过于狱中诗作，那么据谷林抄本印行的这部

《老虎桥杂诗》，对于读者与研究者应该不无裨益了。一是《知堂回想录》。这书最早由香港三育图书文具公司出版，以后内地各本，都是依照三育本翻印的。错字实在太多，几乎不能卒读。我很想勘正一番，苦于无所依据，只好作罢。起手校订《知堂回想录》前，作者家属告知原稿尚在，并惠借复印件一份，计目录八页，正文五百五十四页。时为前年盛夏，每天早晨八点我开始工作，除吃中晚饭外，一直干到夜半，整整用时一个月，才告完成。订正三育本错漏字句，有数千处之多。有些错误实在有趣，如该本“风潮”一章，有一处作：“……可是这不但总办有这样威势，就是监督也是。学堂的情形，却是很幼稚的说法，……”“风潮二”一章，有一处作：“……从前两堂的学生互哄，着实厉害，或者因为是本家的缘故，……”，另一处作：“……也顺便报告些相仇视，时常有决斗的事情发生，……”过去我怎么都读不懂，不知道怎么回事。这回一看原稿，敢情有一页被放错地方，竟然就那样付印了。“风潮二”中“着实厉害”以后，“相仇视”以前，将近一千二百字，应该在“风潮”“就是监督也是”与“学堂的情形”之间，而“两堂的学生互哄”之“哄”字显系当时校对者添写，以求弥合的。至于原稿本身的错字，凡我有所订正之处，特地列为校记，附于卷末。整理此书甚感快慰，因为周氏这部集大成之作，在完成将近四十年后，终于以其真实面貌问世了。

以上所说都是闲话，正经意思一点儿没有，譬如出版这套书，目的何在，价值何在，等等。这样的话我向来是讲不好的，不如不讲算了。其实我不过是个普通读者，平时喜爱读书，知堂著作乃为其中之一，我希望能有一套较好版本，读之方便，藏之值得。天下大着呢，或有与我同好者亦未可知。这回做成此事，就算代劳也行。

二〇〇二年一月二日

〔补记〕“周作人自编文集”出版后，发现还是有些错字。究其原因不止一端，其中之一是编辑省略了核红这道工序，所以我虽然在校样上修改过了，印成书却体现不出来。手边还保留着当年包括《知堂回想录》在内的几份校样，可以作为证明。讲这些没有多大意思，关键是对我来说这件事其实尚未了结。好在后来又有机会重做一遍，即“周作人自编集”，除原来的三十六种外，还增添了新发现的《现代欧洲文学史》。查日记，自二〇一〇年七月五日起手重新校对，至二〇一二年五月二日全部完成。现已全数出版。

二〇一五年二月二十五日

错字及其他

校订出版“周作人自编文集”，乃是生平一件要事。——所谓“校订”者，即要改正错字，然则此事甚难。原本错的未予订正，固然不妥；原本对的当成错字改了，更其谬误。此事整整做了两年，其间最费斟酌的，莫过于此了。可以用作依据的材料的，譬如不同时期的版本，最初登载的报刊，作者自己别处的引用，虽然可以解决若干问题，但是不能一概解决问题。此时改与不改，全要靠一己经验判断。其间有个原则，即非改不可的才改，也就是说，只要讲得通的，即便可能出于手民之误，也都一仍其旧，盖觉得谨慎从事总比轻举妄动要强一些，错改尚且不如漏改也。结果便是印成的那样子。

这里讲校订者的一点难处，其实周氏本人对此早已意料到了。他写过一篇《谈错字》，收在《风雨谈》里，其中有云：“印书有错字本已不好，不过错得不通却还无妨，至多无非令人不懂罢了，倘若错得有意思可讲，那更是要不得。”我现在能不改就不改，也许就包括了“错得有意思可讲”在内，然而作者已经作古，手稿又已散失，我们无从分辨这个意思是来自作者，还是手民，或者明知意思可能不属作者，但是作者原意已经不得而知，也就只好保留原样。譬如所提到的这篇文章，开头即有一字略显可疑："八年前我曾写过一篇杂感小文，是讲两件书里的错字的，"或许"件"作"本"则更其畅达，文章中又确实讲到两本书，一是《黄蔷薇》，一是《人间词话笺证》。可是写"件"也未必一定不行，所以推敲之后，依旧未改。至于"错得不通"者，改正却是无妨，只要真能看得出不通就行了。

然而也有别种情况。即以"周作人自编文集"而言，我订正了原书一些错字，虽然也曾参考他人校订成果，但总归是要经过自家认可的；可是校样尽管一再看了，书印出来，却又发现个别字原本不错，这回却错了。这真应了那句"前门拒虎，后门进狼"的老话了。从前铅字排版，字都是确定了的，不改就不会变动；现在改用电脑，"手民之误"则可能一而再再而三发生，简直防不胜防。希望以后有机会重印，再来订正一番。

这些年干过几回校订之事，觉得"无错不成书"的话自然近乎搪塞，但是这码事儿的确并非那么简单。书中错字，可能作者笔误，而编辑校对失审；也可能原本不错，却被编辑校对给改错了，或是录入排版过程中出错。前者可以说各个环节都有责任，后者则作者实在无辜。我自己也写过几本书，上述两种情况都有，也算了解个中苦衷，将心比心，遇见别人书中错字，不敢轻易将原因归诸作者，草率加以批评。前引周氏的话，将错字分为"错得不通"和"错得有意思可讲"两类，换个说法，亦即其一看得出来，其一看不出来，——真要是看出来其实也就等于代为订正了。此外还有一种错误，即因为排印原因而造成的字句遗漏，这或许已经超出错字范围，但是一并谈论却也无妨。遗漏个把字也就罢了，如若因而不通，读者多半也能发现；最要不得的乃是成句成段的遗漏。譬如周作人《〈苦茶随笔〉后记》，原书中倒数第二段末尾作：“事实之奇恒出小说之上，此等事如不是物证俨在正令人不敢轻信也。新党尚如此。”这句话并不完全，显然有所脱失。此文不曾在报刊发表，该书再版时亦未改正，无论谁来校订，均告束手无策。这回印行“周作人自编文集”，也只好任其残缺了。

说来此等事最近我也赶上一桩。拙著《老子演义》印成，发现第一百七十四页最末一段自倒数第三行起漏掉整整四十个字，复查原稿则完整无缺。这里照样不打算追究责任；区区小书，难得人读，读了亦未必多所留神。这与我们读知堂著作本不可同日而语，但是自忖较之老人幸运的是尚且健在，由得自己另行更正，不致成了无头案，是为不幸中之万幸也。不如趁便把该段后半补齐抄在这里：

“善者，吾善之；不善者，吾亦善之”与“天地不仁”其实完全一致。回过头去看“报怨以德”，肯定不是就一对一的关系而言，而是总的一种态度，也就是“善者，吾善之；不善者，吾亦善之”。“报怨以德，安可以为善”，这个“善”也是一视同仁的“善”。

这篇文章题为“错字及其他”，此即“其他”是也，所以也还说得过去；当然若改叫“《老子演义》补记”亦无不可。希望读过那本书的读者能够读到。

二〇〇二年四月五日

打字与手稿

电脑我用得很晚。《樗下随笔》全书和《如面谈》的最早几篇，都还是手写的。倒不是对此有所抵触。我并不多么留恋用笔，因为一直不曾好好练过字，打字倒可以掩饰这一缺憾。没用电脑，是因为汉语拼音我一向只懂声母，不懂韵母。小学中学时逢“文革”，老师教书，学生念书，都未免糊弄事儿；但是没学会拼音，主要还是我不用功的缘故。多年来倒是也无此需要。后来到公司打工，人人配有电脑，我则始终请秘书代劳。直到有心换份工作了，将近半年时间，每日在办公室里无所事事，又不想虚度时光，于是下决心从学拼音着手，学会打字。或者要说干吗不学别的输入方法呢。大概觉得活到这把年纪，竟然连拼音都不会，毕竟不大甘心；这样正好一举两得。

待到拼音打字均已熟练，我就开始用电脑写文章了。听说有的朋友习惯先手写草稿，再打入电脑，我觉得这太费事了，而且未能真正得着用电脑的好处，——当然我也未必得着多少，至少要稍多一点儿罢。至于担心这么一来，遣词造句难免流俗，有损文章风格，则近乎外行说话了。所谓俗语滥调，指的词与句子；

而我挑选着用的乃是电脑里的字，不是词；用什么词自己决定，程序里有的不一定要用，没有的可以另行组合。那些打字打出滥调来的人，多半脑子里原本就只有滥调，一拍即合；或者草率成文，不大用心，那么用什么来写都是一样的罢。

打字较之手写的最大好处，在于修改方便。我每写文章，开头几句非得自己觉得十分舒服才行，不然根本写不下去。——附带说一句，其实不过是最平凡不过的字句而已。而这往往经过一再修改得来。但是稿纸上又不能留下改动痕迹，不然也构成心理障碍。所以过去手写的时候，一俟有所改动，就将稿纸废弃，写篇小文章，几乎要把字纸篓塞满。这样实在太过浪费，也不值得。我从父亲那里学到一个办法：另备一把剪刀，一瓶浆糊，遇有改动之处，就写好剪贴上去。然而又不胜其烦。用电脑则省事多了，随便怎么修改，都无所谓；改得不当，还可恢复。尤其是“块移动”，最是方便。文章写完之后，更可一改再改，直到一字一句都妥帖了而后止。过去手写，每次修改，都要重抄一遍，有时难免偷懒，差不多就算了，现在则可以做到完全彻底。修改自己的文章，是为平生一大快事，惟用电脑得以实现之。

打出来的稿子整整齐齐，干干净净；其为人所垢病者亦在于此，说是手稿的特殊价值丧失殆尽。我当然深知此点。谷林翁曾将知堂《名从主人的音译》、《翻译与字典》和《翻译计划的一项目》三篇文章，共计五十页手稿惠赠予我。谷林尝谓老人“不以书法知名，然钩捺朴拙，别具姿致，或谓有晋唐人写经笔意云”，至此我乃得以品味真切。我也保存着父亲沙鸥先生不少手泽，特别是晚年所作“新体诗”之全部稿本，上面有他反复修改的字迹，记录着每一首诗的写作经过，可以窥见父亲诗歌艺术的神髓。此皆是不可多得之物，乃寒斋之宝贵收藏也。然而亦不可一概而论，譬如自家所写，还是不如趁早泯灭为好。

打字兴而手稿亡，幸耶非耶，需要具体看待，有如以上所述；倘若笼统一谈这事，尚有另外一番道理。我们（以及我们上下各一辈人）生活在一个诸多事物与现象都在急剧变化的年代，这本身谈不上幸福还是不幸，恰巧赶上罢了。有些东西消失，正如同有些东西产生；都是事实如此，我们只能接受。慨叹“原本不必如此”，不啻白费口舌，而且将自己置于尴尬可笑的地步。即以现在所谈之事而言，历史上所发生的某些变化，譬如纸张代替竹简，印刷代替手抄，虽然不尽相同，未必不可类比。或许当初亦有人以不复能“韦编三绝”而惋惜不已，然而时过境迁，大家也就安生下来。现在给谁一把竹简，他也不会再在那上面写字了。何况情况并非如此绝对，打字虽兴，手稿未必尽亡，就像印刷业尽管昌盛，手抄本依旧出现一样。今后手稿仍然会有，只是不是谁的都有罢了。即便有一天真的完全成为历史遗物了，也是人类文明发展使然。我个人对文明的态度一向不太乐观，亦不太悲观；积极地讲是坐享其成，悲观地讲是无可奈何。说到底，迄今为止全部人类文明的历史，都是基于人性需要而发生的，无论这需要对与不对。

二〇〇二年一月六日

关于枕边书

“枕边书”是有趣的题目，不过我想说的是书，不是枕头。枕边书也就是躺在床上看的书，枕头只是为了躺着舒服，其实没有它看书也行。之所以还得略讲几句，因为忽然联想到“枕中书”来了，枕边书与枕中书有何渊源，我还搞不大清楚，而枕中书与枕头关系的确密切。《越绝书·外传枕中》云：“以丹书帛，置之枕中，以为国宝。”古代有瓷枕、木枕，前者我在上海博物馆见过几个，把珍爱的书籍藏在里面，大概有点儿保险箱的意思罢。偶尔听人提起“枕边秘籍”，莫非自打枕头改作实芯，无法贮物，不得不移置枕边不成。《汉书·楚元王传》云：“上复兴神仙方术之事，而淮南有《枕中鸿宝》、《苑秘书》。”颜师古注云：“《鸿宝》、《苑秘书》，并道术篇名。臧在枕中，言常存录之不漏泄也。”前述推论假如成立，“枕边秘籍”之“秘”，亦即是这个“不漏泄”了。那么枕边书可就不是随便什么书了，乃是不宜、不便或不舍得放进书柜的一类书也。如果书柜尽可向来宾展示，枕边书则近乎隐私，——不过说句老实话，多年来买书虽然不少，这样的书寒舍却还未曾置得一部呢。

现在人讲枕边书，往往赋予了它另外的意义。似乎还有一类“非枕边书”，须得正襟危坐（尤其是在办公室里）以读之；枕边书与之适成一种对比。如果后者是官样文章，前者则为真心玩味。讲得正经一点，其一可曰功利性阅读，或职业化阅读；其一可曰消闲性阅读，或个人化阅读。这样一来，枕边书也就成了抵御凡庸人生，葆有一己天地的象征了，所以大家经常把这看得很重，乃至一本书值不值得放在枕边，皆须认真考虑。对此我是不大懂得的，因为原本就是闲人，读书一概旨在消遣，并无上述那种区别。多半是白天没有看完，晚上躺下接着看，书还是那本书，不过看书的人由椅子转移到了枕上罢了。对我来说，书之置诸枕边与否，没有值得不值得，只有适宜不适宜的问题。譬如大开本，精装书，太厚，过重，均有所不宜，盖因臂力不够，举之不动也。这样的书只好留待白天“正襟危坐”地去读了。

对于上述两种阅读方式截然不同一说，即便不论所读内容，我也颇有不解之处。以一己经验度之，除非失眠，枕上读书只是一小会儿而已。那么好不容易捱过不情愿的功利性或职业化的一天了，倚于枕上，正待展读精心简择之卷，困意却已上来，岂不大煞风景。话说至此，不能不提到所谓夜读境界了。此情境素为历来文人所景慕，不知写过多少文章，到底是怎么回事，我也不大知道，因为如今室内一盏电灯，窗外时闻车声，好像比白天更其不济。其实就算真有夜读境界，大概也是坐在那儿体会得来，而与枕边书无大干系，因为如前所述，这个人也许快睡着了。枕上读书，未必能读多少，而且断断续续，以我个人而言，好书倒不大舍得放在枕边去读了，总觉得有点儿怠慢似的。当然也有别种情况。譬如今年春天得到一套《没有个性的人》，上下册，一千二百余页，我本来也想每晚读上一点儿，集腋成裘，终底于成。谁知这书根本拒绝此种阅读方法，非得全神贯注不可，否则就不知所云。只好每日自早读书至晚，如同上班一般，整整用了十日，才算大功告成。有朋友在编报纸，最近要推举本年度十大好书，我说无论如何《没有个性的人》也当列为第一，朋友说所约请的推荐者均未提及此书，因而不能上榜。我想彼辈如果不是全然无知的话，要么读书不得其法，要么缺少如许时间。于是不免暗露得意之色焉。

回到前面的话头儿，枕上读书，本来是爱读什么就读什么，但是这里有个问题，即你到底打算不打算睡觉，这个区别可就大了。要而言之，有的书是读来提神的，有的则是读来催眠的。以后者而论，应该挑拣一些乏味无聊的才是，好比吃安眠药。如此说来，则与前述作为个人自由阅读或闲适趣味的象征的枕边书已经相去甚远。然而这也算是我的一点经验之谈。上文屡次说到睡觉，好像落枕就着似的，其实我哪有这福分，一向入睡甚难，自然不能因为读书而加重其难了。凡读来放不下手者，均不敢于枕上读之。顺便说一句，家母每晚都要读书，而且还是推理小说，不到两年工夫，已读毕“阿加莎·克里斯蒂作品全集”八十册，“奎因现代探案小说集”二十五册，我奇怪怎么不大影响她的睡眠呢。她说这路作品开头总是东拉西扯，睡前读之并无大碍；待到进入紧张情节，那就白天去读好了。

二〇〇一年十二月二十二日

加山又造的画

大约十年前，我在书店里偶然看见薄薄一册《加山又造人体绘画选》，略翻一过，为之心动，于是买了下来。画册是国内印的，因为没有见过原作，也不知道失真程度如何。说来我对加山又造的了解，基本上不超出它的范围。例外的是一九九二年我在美术馆参观一个名为“当今日本画——走向传统与革新的统一”的展览，看见加山的四幅真迹：《迷途之鹿》、《冬》、《仿北宋水墨山水雪景》和《垂樱》。我看画展的介绍文字，似乎加山画山水成就更大，不过我的兴趣主要还在于女人，而加山的山水画与人体画有一点是相通的，就是笔意都特别冷。

加山又造那本画册，以后我一再翻看。三年前写《画廊故事》，辟有“女人”一辑，我就想到加山，然而又很犹豫，不是因为不值一提，相反我的确喜欢，只是一直谈的西方画家，忽然夹进个日本的，多少显得杂乱。转念一想，本来也不成系统，于是写了几百字，附于该辑之末。今年这书配上插图，改名《不守法的使者：现代绘画印象》重新出版，我又把这一则删掉了。——唠唠叨叨讲这些，未免“像煞有介事”，归根到底还是不能轻易放下加山。现在单独写篇文章，诚为两全之策。

乍看加山又造的《裸妇与猫》(一九七五年)、《黑色的蔷薇》、《白色的蔷薇》（一九七六年）、《美人鱼》（一九七七年）和《裸妇习作》(一九七九年)等，所画的女人总都显得有点儿硬，简直就是剑拔弩张的样子，不免使我们联想到席勒；此外她们还是那种美得神情恍惚、美得不堪思想的女人，个个眼睛睁得又大又圆，内里却是空空洞洞的，多少又接近莫迪里阿尼之作。然而细细体会加山的女人，总觉得都那么冷冰冰的。不光是说神情，她们当然很淡漠，但这不是主要的；是说她们的肌肤给观者的感觉。无论席勒，还是莫迪里阿尼，都让我们感到画里是些热乎乎的肉体；即使德加、塞尚一派画家，还是不曾冷到这份儿地步。在这里冷不仅限于画家的态度，而是对象根本就是冷的。这该说是日本艺术的神髓所在。从前穆时英形容说“一个白金的人体塑像，一个没有羞惭，没有道德观念，也没有人类的欲望似的，无机的人体塑像”，正道着前述加山的女人那种硬的感觉，大概也就是所谓“冷艳”罢。

加山又造画作这一特点，我在西方画家那里未曾看到；然而要想真正理解加山，还得先从西方画家谈起。我们看雷诺阿那些画女人的画，人的欲望乃是他的主题，这欲望是属于他自己的，或者放大地讲，属于他所代表的男人，而笔下那些女人仅仅是欲望的对象而已。再来看看席勒的画，女人本身的欲望却显得比画家的欲望更为强烈。如果把两位的作品作一对比，差别就很明显。

虽然这不无简单肤浅之嫌，而且所谓女人自身的欲望，可能正是画出她的画家欲望的折射，但是我还是觉得其间多少有所不同。回过头去看加山，他显然是远离雷诺阿，而接近席勒的。所以也许该对前引穆时英的话作一修正：这样的女人并非没有欲望，而是欲望更多。——其实穆时英也是这个意思，不过正话反说罢了。然而如前所述，加山与席勒仍然有所不同。席勒的女人在成为欲望化身的同时，仍然不失为实实在在的女人；而加山把席勒有别于雷诺阿之处推向极致，女人身上人的因素已经被抽掉了，只剩下赤裸裸的欲望。至于观者，看画的眼光往往是雷诺阿式的，而不是席勒式的；真正达成交流，是认同画家即男人的欲望，不是认同画中女人的欲望。席勒与加山的女人令我们感到硬，加山的女人进而更令我们感到冷，原因就在这里。至于说加山的女人又有点儿像莫迪里阿尼的，是从人性丧失这一点着眼；不过莫迪里阿尼只是有此倾向，加山则也做得彻底极了。以上两方面，或许该说是以日本观念对西方艺术所做的一番洗礼罢。

如果换一个角度看，女人作为客体出现在西方画家（包括席勒和莫迪里阿尼在内）笔下的同时，仍然保持着主体角色；即使没人去画她们，她们也是活生生的。而在加山又造笔下，女人始终只是客体。也可以说，这里有个“女性人体”和“女人”的区别。因为具有女性人体的美，才成为被观赏者；离开这一审美过程，她们根本就不存在。在加山的画里，女模特儿是被画家的感官所接受，不是他的心灵。首先是视觉，继而到达触觉、温觉和嗅觉，但是听觉几乎不起作用，无论硬也好，冷也好，最终都是寂静的。而席勒和莫迪里阿尼却让我们感到那些女人一准是伴随着某种声音的，仿佛啸歌之类。前面我把席勒与加山的女人的硬混为一谈，其实还是有区别的。席勒女人的硬，是她们内在生命力的表现；加山的女人在这方面则近乎虚无，呈现一种死灭之美。可以说方向正好是相反的。讲到这里我想到“色情”一词，如果不从道德意义而从审美意义上加以理解，指的就是只有“色”，没有“情”，只有审美体验，没有情感交流；其实用来形容加山的画也未尝不可。

二〇〇一年十二月三十一日

〔补记〕后来又在日本买到两种画册：一为『加山又造 装飾の世界』（京都書院，一九七九），系一巨册，图版部分包括“絵画（一）”、“絵画（二）”和“着物 / 陶磁器 / 団扇”三部分；一为『加山又造版画集 1955 年 ~ 1978 年』（フジ美術，一九七八），卷首作者照片页上有毛笔签名“加山又造”。藉此对加山又造的艺术了解更多，但是所能说的其实还是过去写的那些，只想强调一句：日本画坛所谓“五大山”（东山魁夷、杉山宁、高山辰雄、加山又造和平山郁夫），我最喜欢的还是加山又造。

二〇一五年二月二十五日

奥赛及其他

巴黎的博物馆，我去得最多的是奥赛，前后大概在十次以上。这与我个人爱好有关。我对绘画的看法大致是以印象派为分界，比起此前如卢浮宫所收藏的那些，更喜欢印象派以后的作品，而这在奥赛能够看到许多。奥赛原本是个火车站，与卢浮宫隔着一条塞纳河。每回去巴黎，我得了空闲，常往这儿跑，有两次竟忘记了星期一休息，扑了个空。

印象派画家特别讲究光，无论莫奈、雷诺阿的室外光，还是德加的室内光，都把握不易，简直稍纵即逝；面对原作，才看得出种种复杂之处，而画家用心，往往就在这里。对我来说，有时真正体会要经历一个过程；然而也靠当初所留印象打下底子。例如马奈所作《阳台》。女模特儿是画家莫里索，脸略略偏向一侧，内心仿佛激动不已，其他几个人则举止僵直，表情呆板；他们都站立着，构成画中稳定不变的因素，莫里索虽然凭栏而坐，却体现出一种运动趋势——对于上述稳定成分，好像有所背离。前几天大洪兄来访，我翻开画册给他看，他说莫里索长得有点儿像黛米·摩尔，我再一看可不是么，或许在马奈眼中，她也是那种肉体里孕育了大量激情的女人罢。莫里索曾说：“（在《阳台》里）我与其说是丑陋，不如说是奇怪；似乎‘凶的女人’这个绰号已经在好奇者当中传播开了。”那么马奈这一发现，好像她自己并不完全知道。这幅画画幅不小，我一直记得莫里索那奇特的表情和眼神，这下明白是怎么回事了。

奥赛所印藏品画册讲到“开依波特遗赠品”一事，说来很有意思。奥赛博物馆的前身是卢浮宫的印象派绘画馆，而后者承袭了以后为现代艺术博物馆所取代的卢森堡博物馆的某些藏品。开依波特于一八九三年逝世，将所收藏的六十五幅油画遗赠给国家。那时印象派的成就还没有真正得到承认，《印象画派史》说：“政府非常狼狈地接受了他的礼物。”而由此引起一片抗议之声，政客、学院院士和评论家们皆斥为道德堕落。结果卢森堡博物馆答应留下部分遗产，其余的则被拒绝。“莫奈的十六幅画只被接受八幅，毕沙罗的十八幅画被接受七幅，雷诺阿的八幅画被接受六幅，西斯莱的九幅画被接受六幅，马奈的三副画被接受两幅，塞尚的四幅被接受两幅；只有德加的七幅被全部收了下来。”这大概算得上是法国博物馆史上损失最大，也是最丢脸的一页罢。尽管如此，仍然不失为一个划时代的事件，按照奥赛画册前言的说法，“印象派的作品于是‘强行’进入博物馆。”而马奈的《阳台》，就在当时被接受的作品之列。

除奥赛外，我还喜欢去蓬皮杜艺术中心和现代艺术博物馆。这里可以看到比奥赛所藏更现代的绘画。在现代艺术博物馆，我先后参观过蒙德里安和皮埃尔·苏拉热的画展。苏拉热的画都用厚重的黑色油彩画成，灯光照着上面的刮痕，发出强烈的白色反光，他所要的就是这个效果。而印成画册却完全表现不出来，所以他说得上是彻底拒绝被印刷的画家。博物馆在塞纳河北岸，站在附近遥望对面的艾菲尔铁塔，似乎是个合适位置。正如罗兰·巴特在《艾菲尔铁塔》一文中所说，在巴黎哪儿都可以看见铁塔，但是我还是觉得从这儿望去，它显得特别漂亮。当然夜里乘飞机经过巴黎，所看见的铁塔更令人难忘，大概是世间最美的夜景了。不过当年铁塔刚建成时，很多人却认为丑陋极了，简直不能容忍，莫伯桑即为其中之一。据巴特讲，“莫泊桑常在艾菲尔铁塔上用午餐，虽然他并不很喜欢那里的菜肴。他常说：‘这里是巴黎惟一一处不是非得看见铁塔的地方。’”时过境迁，铁塔竟然成了巴黎的主要象征之一。当我看到设计者艾菲尔作为法国建筑方面的代表人物（如同居里夫妇代表科学，塞尚代表美术，圣埃克苏佩里代表文学一样），头像因此被印在法郎纸币上时，不禁想到：到底是人们原来思想保守，还是习惯成自然，抑或艺术观念更新了呢。

在蓬皮杜艺术中心，我也看过不少展览，譬如本雅明的生平展，恩斯特的雕塑作品展等。第一次来还闹了笑话：出了画展展厅，我沿楼梯下来，看见很多人排成长队，还当是另一个展览呢，就跟在队尾。末了才知道原来大家是等候进入阅览室读书。法国人爱好读书，的确名不虚传。我到这里，另有一个原因是蓬皮杜中心作为建筑，值得反复观赏。中心在一条街的一侧，走到附近才完全显露出来。建筑物的各种管道都暴露在外面，的确非常别致。如果说莫奈等人所画尚是农业时代之美，那么这就是工业时代之美了。在这个世界上，美是贯穿始终，包容一切的；而我们不可能停留在美的历程的某一阶段。我很喜欢这样别出心裁，进而联想起印象派绘画，艾菲尔铁塔，以及诸如此类的事情。其实巴黎原本就是标新立异之地；而一部艺术史，说穿了也离不开这四个字。艺术史容纳的只是创新，在这里它们成为永恒。

二〇〇一年十一月十日

买画册记

世间最不能托人代买的东西当数画册。第一不知道印得好坏，第二不知道篇幅如何，第三不知道偏重画还是文字，第四不知道价钱高低。我喜欢印象派以后的画，而这些画变成印刷品，或多或少总要失真，只是看失真的程度能不能忍受罢了。其中莫奈和高更两位尤其如此，莫奈是因为他之于光色关系太过讲究，一经拍照，这关系总归不是原样儿了，——我在巴黎的现代艺术博物馆见过人家拍照画作，也是要另加灯光的，这岂不是在莫奈所斤斤计较的室外光之外，又加了一道光了么。我不知道有没有更好一点的技术，至少这样子有点儿玄。这问题对所有印象派画家都存在，但是莫奈尤其如此。至于高更，他的绿色和黄色太特别，也太复杂，只能呈现在他自己的画布上，我们的印刷技术再高明，也不可能按照原样儿转移于另外一种媒介。根据我的经验，最好是刚刚看完画展，对画上颜色记忆犹新，赶紧去买画册，庶几可以挑着较为理想的也。外国的画册大致有两类，一种以画为主，一种以文字为主。后者严格说来不能叫作画册，然而这种书似乎品种更多；而且因为画只供插图之用，印制质量未免稍差一些。我在法国和意大利的书店里，看见两类书都是混杂在一起卖的。我当然希望买到的是真正的画册了。至于篇幅，我对特别喜欢的画家，总愿意尽量多看见一些作品，所以想买的画册是越厚越好。以上三点，特别是第一点，简直不能指望他人代为确定。一般说来，凡关乎文化的事情我是不愿盲从的，除非在那一领域我是真盲，也就是完全无知；但我觉得还是先学得一点常识再涉足的好，不然宁肯付诸阙如，自居门外汉了事。古今画家谁好谁差，我有自家看法；买画册虽是枝节事宜，却也不应草率，花钱尚在其次，买到不称心甚至窝心的东西，简直不知道如何处置是好。

这样一来，我所买到的画册也就不可能很多了。略加检点，敝书架上不过二十余种，而自己觉得满意的，又仅只八种而已。这八种画册都是法国“Gründ”丛书，依出版顺序为凡·高、毕加索、莫奈、马蒂斯、达利、塞尚、雷诺阿和高更。每册纯粹是画的部分都将近有二百五十页，纸好，印刷也好，而且便宜，定价一百九十八法郎，合人民币二百多块，如果在“老佛爷”或“春天”里购买，还可以九折优惠。前面说莫奈和高更的画册失真都很厉害，如果退而求其次，那么“Gründ”算是印得最好的了。高更的画册出得很多，我是反复比较，才认定只有这种可以买下。也正是因为画多，印得好，便宜，我才一律都买了的，其实莫奈原本我不很感兴趣，雷诺阿尤其不太喜欢。除了雷诺阿这册，都是我自己末后两次去法国背回来的，后一次我还去了意大利，手提箱里装了三本大书，实在沉重不堪，又正赶上盛夏，提着它们从一个城市赶到另一个城市，上车，下车，找旅馆，实在是费劲极了。雷诺阿那册我当时没买，回来之后想想也无妨收集，正好有朋友要去法国，就指明让他代买这一种，——前面说不可托人代买，这算是一个例外罢。

别的画册说来都不算太理想，但是有几种有点特别意义，也可以在这里一说。其中之一是克里姆特的，乃是法国友人 François Morin 所赠，印得还好，只是画太少了，不过末尾附有克氏的作品目录，查阅较为方便。我对精美的东西有特别爱好，虽然达到此点很不容易；而克里姆特是为其中之一。Morin 对此不甚赞同，我们曾在广州珠江南岸，一边喝啤酒一边争论，直到夜深时分。后来他再来中国，便以此画册相赠。另一本帕森的，是我姐姐从纽约寄来。我写《画廊故事》，觉得“女人”一编中不谈帕森，实在说不过去，因为若以感情细腻而言，他简直是无与伦比的。然而此前他的画总共只看过两三幅，虽然印象很深，但仅凭这点印象，毕竟不敢辄然下笔。于是写信向姐姐求助，她很不容易才找到了。实际上并非通常那种画册，大概是为某一展览会而印制的，以素描居多，油画只有十六幅。帕森不是大众意义上的名家，想来世上他的画册种类不多，姐姐给找到这种，实在很可感念。另外有两册也是她寄赠的，一是德·契里柯的，一是路阿的。这是我特别中意的两位画家，国内也有他们的画册出售，但是我嫌太薄，对这两位画家，我觉得作品看到越多越好，所以才请姐姐在纽约代找，不想也不大厚。恐怕将来有机会还得再找更理想的罢。

最近我在一篇关于高更的文章里说：“翻看他的画册，每一幅都能体味良久。”这不是虚应话儿，晚间孤寂无聊之时，面对高更或路阿之作，最是一种慰藉。他们都是于人类情感深有体验者，所达到的深厚程度古今罕见。德·契里柯则是别一路，给我们带来震撼的东西完全来自画面之外，更需要细细体会。看另外一些画家的作品则需要有点儿心理准备，譬如凡·高，尤其是苏丁，感情特别强烈，总是喷涌而出，有时难免不能承受。塞尚则太过冷漠，非得有足够坚强的精神与之抗衡才行。看画时与画家的心灵感应程度，我想大概是读书难以比拟的；此所以颇得意于此项收藏，遗憾的是尚嫌不够丰富，一时又无法增多也。

二〇〇一年十月二十三日

〔补记〕后来在日本买了若干画册，其中有几种稍值一提：一，『東山魁夷昭和三大障壁画』（実業之日本社，一九七七），前环衬有毛笔签名“東山魁夷”；二，『岩田専太郎画集』（每日新聞社，一九七一），内有画家肉笔彩色画一页；三，蕗谷虹儿『虹児の画集』（大門出版美術出版部，一九七一），内有画家手彩色画一页，版画两页，系限定一千部之一〇八号；三，『蕗谷虹児抒情画大集』（講談社，一九七四），内有画家肉笔彩色画“花嫁人形”一页，系限定八百部之三九五号。

二〇一五年二月二十五日

买书旧事

前几天有记者打电话来，问我现在买书感觉如何。我说一则以好，一则以不算太好。这是与从前比较而言。“从前”指七十年代末，我刚买书的时候，也就是“文革”以后，外国文学名著开始“解禁”的时候。今昔不同，首先在于如今在书店里看见一本想要的书，无须急忙掏钱，过上两三个月，照样还能买到。从前可不行，一本书错过，也许第二天就买不着了。只好从书店门口的“黄牛”手里买加价的，书本不贵，无非加三五毛钱而已，不过已是很大的百分比了。有段时间书店柜台一角备有两份报纸，一为《社科新书目》，一为《上海新书目》，可以查看即将出版的书，登记在卡片上。书到后，书店会把卡片寄来，凭此去买给你保留的书。后来无此必要，这项服务措施也就淘汰。现在到处都卖降价书，九折八折不等，如果不着急，六到八个月以后，就可以在降价书市买到半价的了。

所以现在买书容易多了，也方便多了；然而当初那份儿乐趣，几乎谈不上了。乐趣在于得之不易；进一步讲，一时欲得而不能，也未始不是一种刺激，及至终于到手，则岂止快慰，简直是兴奋异常了，——这里免不了有点坏心眼儿，即自己拥有而他人没有，很是得意，可以炫耀一番。相比之下，现在感觉可就平淡得很。所以虽然多年过去，打开书柜一看，哪本书当时在哪儿买的，和谁一起买的，仍旧了然于心；后来买的反倒有些模糊，甚至连买没买过都记不住了。此为个人感受，扩大来讲，也可以说是图书市场日渐萧条的一点反映罢。随便找出一本二十年前的书，开印动辄几万、十几万，还是一抢而光；现在的书不过三五千册，居然卖不出去。买新书根本算不上收藏，然而收藏亦必有一前提，即物以稀为贵是也。从这一角度讲，我觉得人们与其收集那大量发行的邮票，倒不如搜罗这种印数无多的图书呢。

记者还问我喜欢到什么地方买书。我说就近而已，只要是较大一点的书店，哪儿都无所谓。过去就不一样，不同的书店品种总有差异，出去买书，往往要跑几个书店。大洪兄与我是因买书而结识的朋友。他那时在工业学院读书，星期天进城买书，我们先在王府井碰面，然后去东四，北新桥，我到家了，他还要一路去交道口，地安门，新街口，动物园，首都体育馆和魏公村各处一转，才回到学校。有时再多走几步，则拐到西四，三里河或西单。其中不少书店今天已经不复存在。我尝说，如果要写二十年来北京书店的变迁史，七十年代末到八十年代初那一段儿很少有人比他更熟悉了。

过去有不少书是内部发行的，不知道门路，就无法买到。王府井、西四和新街口书店都有机关服务部，可以径直进去买门市不卖的书。最大的内部书店在西绒线胡同，管理并不太严格，自己写封介绍信，盖个随便什么单位的戳儿就行了。那里也是我们每周必到之处，有一次我买着马克·斯洛宁著《苏维埃俄罗斯文学》（上海译文出版社一九八三年十月出版），回家以后，一口气读完，居然已是黎明时分。此外东单三条西口还有一家内部书店，不过地方很小。王府井南口外文书店楼上，火车站对面邮局附近，也曾经卖过内部图书，而且不要介绍信，这两处连同东单三条那家现在都拆得无影无踪，提起来也很少有人记得了。我的一本《肖斯塔科维奇回忆录》，便是在外文书店楼上买的，封底只署“外文出版局《编译参考》编辑部编印”和“一九八一年十月，北京”，并非正规出版物，当时这种书很有不少。还有一套群众出版社一九八二年十二月印行的《古拉格群岛》，共三册，买到却颇费周折。因为上述胡乱开的便笺不管用了，须持有局级介绍信，长安街上那家读者服务部才肯发售。我赶紧四处托人，帮上忙的一位副局长不很放心，追问到底是什么书，我说是地理书，这才开出介绍信来。回想起来，当初岂止是买几本书而已，对我来说，一生的思想基础多少就因为读这些好不容易买到的书而奠定，所以对有关出版社、书店和卖书的人，不能不怀有几分感激之心了。

大洪兄和我每次买书都要仔细挑选，他最在意书角有无磨损，我则更讲究书脊是否平整，这习惯一直延续至今。过去买书困难，可供取舍的余地不大，而且没挑上一会儿，已经惹得售货员讨厌了。现在则要方便得多，几乎可以由着你的意愿挑选。一时找不到满意的，不妨下回再来，反正也卖不完。过去买书回来还要逐一修补，可能与装订普遍简陋粗糙不无关系，现在倒不大费这个劲儿了，——多半是用不着，再说也不复当年兴致了。

二〇〇一年十一月二十五日

却说买碟之类

洁尘上一本电影随笔集《华丽转身》面世后，承蒙惠赠一册，随即读毕。这回《暗地妖娆》又要出版，经手者是朋友，趁便索得校样，先睹为快。我看这两本书的确有点别有用心：想由此获取一点信息，譬如有什么 DVD 她看过，且说好，而我错过了。所以放下书稿，打算干的并非作序这等闲事，乃是赶紧往音像店走一遭也。如此颇有买椟还珠之嫌，但是我想作者也是买碟一族，应该不会介意，或许莞尔一笑亦未可知。洁尘所写本非购碟指南，而以记述一己感想为主；我看她的文章，较之以前似乎更其率性。不是指的文字，文字照旧讲究、漂亮；我是说就中意思。现在洁尘好像丝毫不怕写出单单一己所有的想法。这是她的自负之处，也是真诚之处。或许此后连她也不能赞同自己了，那么就会告诉我们一些新的念头，但是仍然是属于她自己的。文章这样写法，当然不差；以买碟看碟计，却未必高明。好比我见她一再说："《索多玛的一百二十天》我没有买，因为我肯定不看。""我前段时间淘碟时还看到这个主题中的重量级作品《索多玛的一百二十天》已经有了。我知道它是一部什么样的电影，恐怖而且恶心。我没买，因为我肯定不看，我可不想挑战自己的审美观。”不由得暗地发笑：别看此刻讲得这么决绝，赶明儿没准悔不当初，等着瞧罢。此乃我的经验之谈，虽然与这张碟并无干系。话说至此有点儿自相矛盾：我到底是想听她的，还是不想听呢。听，却未必从。买碟不比买书。后者几乎一概事先了然于心；偶有例外，在书店里翻阅一番就是了。碟是光盘一张，不知内容究竟；包装上的介绍多半胡说一气；看杂志稍为管用，到底不够；网上所谈聊供参考，口味或许相去较远；至于家藏的几本旧电影史，很难派上用场。所以很想听听朋友的意见；即便她或他说的不合我意，也无所谓。我相信洁尘这本书会与上一本同样受欢迎，原因之一就在这里。这是买碟者之间的勾当，其会心处不足与外人道也。

我读《华丽转身》时，买碟尚且不成规模；只是最近半年热衷此道，所以《暗地妖娆》在手，觉得更有意思。我有关电影的记忆可以追溯到“文革”前，但是当时以及后来看的那些东西，没有任何价值，根本无须一提。一生中这方面最重要的经历，是在八十年代初，北京举办过几次外国电影回顾展，包括英国、法国、意大利、瑞典、日本和美国的，或在小西天的电影资料馆，或在北展影院，或在新影厂，或在八一厂，真让我们一饱眼福，虽然八一厂离我家实在太远。有一天同时还逢着美国电影周，母亲和我上午两部，下午两部，晚上两部，资料馆、首都影院、人民剧场，再是资料馆，仿佛赶场似的，一天下来，只吃了一点面包。这是我们的乐趣所在。十七年前的一个晚上，我和朋友在新街口喝了很多啤酒，差不多喝醉了，然后一起到小西天去看电影。放的是伯格曼的《野草莓》和费里尼的《八部半》。过了这么久，两部电影内容居然还记得清楚，甚至包括很多细节，可是我当时的确有点醉了。我的意思是说我跟电影真的很有缘分。我更偏爱《八部半》一些，因为它更复杂。《野草莓》也很好，只是和《八部半》比起来未免稍嫌简单。或许这样两部电影不应该在一起看的。费里尼的电影，我还看过《甜蜜的生活》。关于他我杜撰了个“全景式的精神世界”的说法。这一方面本来只应该说“深刻”的，然而讲到费里尼则非得加上“广大”二字不可。更深刻地揭示精神世界的是安东尼奥尼。他的电影，我看过《奇遇》、《夜》、《蚀》、《红色沙漠》和《放大》，都是寂寞而荒凉的心灵之作。费里尼似乎略显庞杂，更多灵动的成分，也许是才气更大罢。安东尼奥尼的局面要小一些，但是更精致，也更细腻。或许可以说，费里尼关注的是复杂的精神世界，安东尼奥尼关注的是精神世界本身的复杂性。前几天和皮皮见面，聊起电影，彼此说的差不多都是对于安东尼奥尼的礼赞。伯格曼的电影我看过十来部，觉得他既是哲学家，又是梦想者，两方面都是登峰造极的。这里最难忘的是《冬日之光》和《假面》。《假面》好像有点“做”，但是“做”得真好，像寓言那么完美。其实我们不能拿“做”与“不做”来批评寓言，因为寓言本来是与现实平行的，不过它同时还能涵盖现实而已。《冬日之光》单纯极了，干净极了，或者说是用的减法，把一切能减掉的都减掉了，不带丝毫华饰，显得非常结实。最了不起的就是这样揭示我们世界最基本的东西，然而使用的又全然是文学手段。伯格曼原本是喜欢华饰的，也有本事把它搞得很精彩，很漂亮，末了那部《芬尼和亚历山大》，可以说通篇都是华饰，也就是梦。可是《冬日之光》没有一点梦的意思。我想《冬日之光》这样的电影一生只能拍一部，就像《芬尼和亚历山大》也只能拍一部一样。伯格曼别的电影，都是梦与哲学不同程度上的交融。还有两部当时看过的电影应该说到，即雷奈导演、罗伯-格里耶编剧的《去年在马里安巴》和小林正树的《怪谈》，前者是一座深邃，繁复，永无尽头的迷宫式建筑，我惊异于它竟然如此纯粹；后者则诡谲唯美之至，特别是其中“无耳芳一的故事”，简直超乎人类想象的极限。

这以后就是不大看电影的岁月了，好像倏忽过去好些年似的。不知怎么回事，我错过了 VCD 时代：没有买 VCD 机，也很少买碟，偶尔在电脑里看一张，不成规模。这也是我对近二十年间的电影所知不多的原因，然而塞翁失马，安知非福，至少后来有了 DVD，不会像某些朋友那样为白白买过许多 VCD 而别扭不已。我买的第一张 DVD 是《这个杀手不太冷》，时为去年春节，亚非兄陪我去海淀图书城买书，书店一概关门，只好买了这张碟，以免空手而归。至于此后竟反客为主，买碟的兴趣简直要超过买书了，却是始料不及的。说来我看电影的口味也有些许变化。前述安东尼奥尼、费里尼、伯格曼和雷奈仍然中意，他们的作品也买到一些，虽然离齐全差得还远；此外还有塔尔科夫斯基、黑泽明、库布利克、基耶斯洛夫斯基、戈达尔以及洁尘不买的《索多玛的一百二十天》的导演帕索里尼等；较新一点的则有拉斯·冯·提尔、阿尔莫多瓦、阿巴斯·基阿鲁斯达米、北野武、陈英雄和侯孝贤等。洁尘谈到北野武时说："他得了大名的《花火》几乎要把我闷死。"对此我不敢苟同，这片子是前年在资料馆看的，觉得处理暴力与美的关系最为圆满；然而别处洁尘自称"闷片专家"，又令我颇有契合之感。另一方面，我也喜欢那种智力很高的情节片，看的时候特具愉悦之感，虽然细数起来并没有很多，此刻想到的有《肖申克的救赎》、《大胆的爱，小心的偷》、《本能》、《一级恐惧》、《铁律柔情》、《玩尽杀绝》和《超完美谋杀案》等。不知道洁尘以为如何，或许将来写第三本电影随笔集时可以谈谈罢。

二〇〇二年二月十四日

玩意儿

前几年我或远或近地出去旅行过几次，每次也曾买回一两件玩意儿，如今都摆在柜子里，包括在日本买的酒具，在印尼买的木雕，在意大利买的玻璃小人等，总共有十几件。闲暇时把玩一下子，不免也就想起当初买它们时的一番经历。比方有一年春天我由法国顺道去荷兰，本来是只想看看凡·高的画和郁金香的。坐在火车上，我正与人聊天，忽然看见窗外大块大块的鲜艳颜色，简直是个堆积，一直铺展到天尽头，着实让我吃一惊，赶紧打听怎么回事，原来这就是郁金香。到了阿姆斯特丹，居停主人又特地开车带我去看他所谓郁金香与风信子的“样板田”。形容荷兰这两种花的种植规模，或许只有《庄子》“藏天下于天下”这句话才恰到好处。而且据说郁金香一年卖花，一年卖“球”，我正赶上后面这种年头，看花最是相宜。我又去了凡·高美术馆看了他几百幅画。在国家公园里还有一个美术馆，也有不少凡·高作品。公园里还有野生鹿群，隐约可见在树丛中走来走去。总之我是大饱眼福，此行目的遂告完成，不料主人说转天乃是女王诞辰日，满城好像狂欢节似的，不可不看。届时果然人流如潮，个个举着大杯啤酒，彼此碰杯问好，真有点四海之内皆兄弟的意思。这天做生意，法定无须纳税，所以为图好玩，家家都在街上摆摊卖起东西。小孩们成了商贩角色，一副严肃认真的样子，很是逗人。我买了一个木制的首饰匣，一只木鞋，都是旧货，通共不到两盾，但实在很漂亮，至今还很喜欢。只是首饰匣合页少了一枚钉子，是钉马蹄的那种，一直不能补上，未免稍觉遗憾。

说来这也只不过是些玩意儿，我不知道算不算得上是旅行纪念品。讲到旅行纪念品，好像其中总有个要以“品”来“纪念”“旅行”的因果关系，在我则如前所述这关系正好相反，总之那个东西本身如何对我来说才是第一位的。我的法国朋友 Morin 每次来中国，到了一个城市，总要去当地古玩市场买点什么，最初我还忍不住提醒他假货为多，留神上当，他却说无所谓，只要好看就行。我记得他也不止一次在这一国买过那一国产的东西。我对这码事儿的态度现在说起来跟他完全一致。除了觉得那东西以审美而言确实值得留着慢慢欣赏之外，并没有别的什么意思。不过赶巧是在旅行中买到了而已。至于因此而联想起什么，只是顺便罢了，不知道这是否就算是所谓“纪念”了。

Morin 看见我从前在法国拍的照片几乎张张有我本人，颇不以为然，我因悟得旅行好像很容易给人提供一个自以为是的机会。暂时告别一己真正的境遇，无论是谁都变得尊贵起来，至少自个儿觉得是这样；所以人生还是需要不时有段旅行经历的，可以鼓舞士气。而在墙上刻画“某某到此一游”和动辄大写其游记者虽有粗鄙与文雅之别，其于夸饰渲染则一，对此正不妨断章取义地形容以老杜之句：“尔曹身与名俱灭，不废江河万古流。”我想购买旅行纪念品，说穿了也有那么点儿太拿自己当回事儿了。区区我辈，偶尔出门一走，有什么可以纪念的，又能纪念得了什么呢。人的确很容易就将自己搁在价值体系的中心位置，所以《庄子》才有井底之蛙的譬喻，敢情我们是带着藏身的一口井走来走去的。当然这也没有什么不得了，不过是人性的一种弱点，或者说是未能免俗之处；而看清楚这一点，也就算是免俗了。我们所能做的，其实不过如此。做法未必两样，看法不同而已。总之无须大惊小怪，天地大着呢，而个我仍然还是个我。搞得像煞有介事的，总归有点好笑。

从另一个方面看，这种大惊小怪可能也是针对所去过的地方的。记得《红楼梦》里刘姥姥游罢大观园，足足带走堆了半炕的东西，这大概就是她的旅游纪念品了罢。然而刘姥姥关于那园子的想法，与实在的大观园又有多少关系呢。难怪林黛玉一干人，背地里把她嘲笑得要死。直到今天，还留下“刘姥姥进大观园”这个话瓣儿。说实在的我不大相信某一物件真的就能成为某地文化的象征或缩影。比如我们在北京住了多年的人，其实也说不出单单哪样东西是能够代表北京的。当然别的地方的人愿意代为设想，而且付诸实施，也只好由他罢了。

二〇〇〇年十月二十二日改

北京的风花雪月

有一次朋友聚会，有人谈到坊间有本畅销书，书名叫哪儿的风花雪月，是否也能仿效人家写一本“北京的风花雪月”呢。说这话的人来自外地，大概很是热爱北京罢。但是恐怕有一点儿弄拧了，就是该拿风花雪月去找地方，不能反过来拿地方去凑风花雪月。不然歪曲了那地方不说，也糟蹋了这个词儿了。

说到北京，我的确怀疑有没有什么风花雪月。当然要说这是明明白白四样儿东西，那么倒是都有。头一样儿风就不小，过去春天街上常常看见女人用纱巾包裹着脑袋走路，以至个个不辨面目。我写《如逝如歌》，有一句“追逐每束驰骋的纱巾”，便是由此所得的意象。而且在北京，风其实就是“风沙”，被风填了一嘴沙子，乃是常有的事儿。至于其它几件，花事季季都有不同，雪每年总要下几场，月则月月阴晴圆缺，一概无须多说。但是有又怎么样呢。或者要说风花雪月原本不能这么分开来讲的，这是一码事情。可也不是说能够四合一就行，咱们北京大概一年总也能找到一两天都赶到一块儿的罢，可是风、花、雪、月都有了，不一定就有“风花雪月”。它们似乎在意思上并没有打成一片。

所以这话不能那么坐实，还是一种比喻。比喻有喻体，有主体，先别管那个主体是什么，单说喻体，无论北京的风，还是花、雪和月，几乎都不大适用。我觉得未免都太强烈，太过分，没有那种温柔朦胧的韵味，所以烘托不出一个北京的风花雪月。我在北京待了四十年，深感此地往最好了说就是爽朗大方，其不宜缠绵抒情、风花雪月明矣。如果真要冥思苦想写出一本“北京的风花雪月”，岂不成了效颦的东施了。

当然能够成就一场风花雪月，也不只是与上述所说有关。此外比如地理环境，风花雪月字面上只说了四样儿，其实还有一样最重要的没说到，就是风花雪月往往是发生在水边的。北京少水，这是它的先天不足。而且这个水主要还不是公园里的水，它该是民间的，随意的，普普通通的，仿佛沿着小胡同走着走着就遇见了一条小河，最有这个意思。当初把前门外的护城河填了，又把环城的护城河填了一部分，说来都是大煞风景之举。这两条河我还见过，可惜当时年幼无知，不懂得这个情调，待到略晓一二了，那地方早变成汽车堵塞的大马路了。现在略有点儿风花雪月的可能性的，恐怕就剩下后海一带和筒子河边了罢。讲到这里我想起威尼斯来，夜里我独自在街上闲逛，走到小巷尽头，往往便是一道流水，不得不折返回来；城里没有汽车，喇叭喧嚣是从不耳闻的，偶尔听见的，不是吉他声，就是歌声。不知道那里有没有风花雪月的说法，虽然氛围较之前面所述，未免略略浓重了一点儿。但是风花雪月的确是讲究背景声音的，没有合宜音调，一片寂静也行。苏州号称“东方威尼斯”，不过河水恶臭，令人掩鼻，所谓“人家尽枕河”，未必是个境界；威尼斯也有股海水腥气，毕竟于人无甚大碍。若论风花雪月，气味亦为重要因素之一。说来风是暖风，花是花香，都不浓烈，但是亦不可付之阙如，雪与月则平添一番清新，这些北京都是没有的，也就是多少有点儿乏味罢。

另外风花雪月一语，本有怀旧之意，出现在那个氛围里的，总该是些陈年老房子，若高楼大厦就未免发生抵触。这也是我走过世界上几个地方，就中最怀念威尼斯的原因。威尼斯地基本不坚实，房屋又多用碎砖石建成，天生一股颓废气氛，好像总有一天，整个城市终将颓然倾圮似的。那年我便亲眼看见河畔一座教堂，半边塌到水里。游人至此，不能不多所体味，深恐此情此景，他日不复再见。相比之下，北京一副欣欣向荣、日新月异样子，以此而论，未免不着边际。风花雪月俱往矣，时代进步，合该如此。说来这也牵涉到人，特别是女人；譬如衣着之类，好像也不无关系。此刻正是冬天，从窗口望去，个个皮衣长靴，“万里赴戎机”似的，与昔日之小袄棉窝，到底意味不同。此外还有一点，可能更其重要，风花雪月里人说些什么话呢，操用什么语调呢，前者不用提了，北京人说话太麻利，太尖锐，不像吴侬软语那么有韵致，这好像也是吃亏的地方。

二〇〇二年一月八日改

后记

这些年里写了若干文章，已结集的有《樗下随笔》等四种，《向隅编》所收，则均系去年八月以后所作。另外还有几本专门的书，所谈似乎稍稍深入，不过限定在素所用心的少数题目之内，譬如庄子、知堂，等等。其实即便写此类小文，我也不敢乱跑野马，范围仍然相当狭隘。这或许为关心我的读者所不满，但自己的园地只有这般大小，实在没有法子；与其讲一知半解的话，不如干脆闭口不谈。

一知半解这话，平常讲得顺嘴，并未多加留意。日前偶然想到，说“一”说“半”，好像锱铢计较似的，当有一番道理。我不清楚确切出处，《沧浪诗话》云：“然悟有浅深，有分限，有透彻之悟，有但得一知半解之悟。”是以一知半解，乃系针对透彻而言。透彻即详尽深入，涵盖知与解两方面；“一知”才得其中一成，“半解”又只有一成之半，真是差得远了。此乃一时胡思乱想，却未必完全不着边际。至少算是知道一点深浅罢。

一知半解不无贬义，但是并不一概成为问题，譬如涉及与我无关，或者我不关心的领域，恐怕不仅足够，甚至未免多余了。

即便在与我有关，而我也关心的范围内，假若闭口不言，那么也无所谓。怕的是把一知半解错当成透彻，据以发言立论。一知半解者往往不知道自己一知半解，所以才会一知半解。回过头去看严羽的话，悟得“悟有浅深，有分限”，即是悟了。如今有个流行说法叫“无知者无畏”，真若无知，所“无”的正是分辨一知半解与透彻之“知”。明了其间区别，也就不算无知。如此恐怕便不至于“无畏”，而是有所畏惧了。一知半解所应该畏惧的，正是透彻。

我读书多年，无非杂览而已，缺乏方向。若只当个读者，倒也平安无事，麻烦的是后来要写文章。我干这行是半路出家，毫无功底可言，世间果有明眼人，怕要看出破绽。不过光害怕也不行，还得想点办法应付。办法有二，一曰藏拙，凡一知半解乃至根本不懂者，自认外行，三缄其口；一曰补拙，多下一点功夫，争取比一知半解稍强一点儿，然后再来说话。外行的惟一问题在于他把自己当成内行了，结果自讨苦吃。而依照前述对一知半解的解释，解犹难于知；反过来讲，也就是知道得多，才能理解得深。详尽深入或者力所不及，“知”由“一”而“二”“三”，而“四”“五”，尚有可能；苟能如此，依照此中比例，“解”亦可以较之“半”增添一些了。

孔子云：“知之为知之，不知为不知，是知也。”（《论语·为政》），这句话真要落实并不容易。比起“不知为不知”，“知之为知之”更难，因为可能原本“不知”，自己却以为是“知之”。

或许孔子是说，真正的知在于区分知与不知。我们把一知半解与透彻置诸两极，然而或许确认得了一知半解，确认不了透彻。那么将二者区分开来的企图也就落空了，末了还是一知半解。这也就是我向来喜欢用“或者”、“也许”、“大概”、“可能”这类词儿的原因，至少自己感到稳妥一些。记得《樗下随笔》刚编定时，尚且没有名字，亡友苇岸给代拟了一个“必要的文字”，我未假思索，赶忙谢绝。我说，若叫作“不必要的文字”还差不多。说来现在还是如此想法。

末了补充一句，我讲不说一知半解的话，或者一知半解就不说话，并不是宣布一向所说的就都是透彻的了。在一知半解与透彻之间，尚有很长一段距离，其中大部分区域，通常视为平庸。我很怀疑自己努力避免一知半解，不过仅仅达到平庸而已。这是我深以为悲哀，而又无可奈何的。我有心从事文学之道，迄今已整整三十年了，近来颇有点儿怀疑是否走错门路；果然如此，则为此所放弃者多多，再加上这若干光阴，岂不太可惜了么。

〔附记〕去秋写毕《老子演义》后，所拟几个题目，如现代散文史和唐诗感官审美研究等，一时均不能完成，虽然准备的功夫花了不少。结果一年多里只写随笔，共得七十余篇。此番抽去部分读书之作，将来另做打算。留下这些似乎稍为匀称，正好编作一集。又闻有以“枯”字评骘拙文者，类乎孔子所谓“质胜文则野”；我自知做不到“文质彬彬”，一向怕的却是“文胜质则史”。此老复云：“奢则不孙，俭则固；与其不孙也，宁固。”（《论语·述而》）“史”即“不孙”；这样“胜”——或用“剩”字更其恰当——出之“文”，最是要不得了。盖此甚易，然则“夫子不为也”。

二〇〇二年十一月二十一日

后记之后记

从《樗下随笔》算起，二十年过去了，其间随笔集出了十几种，均为写够一定字数即凑成一册，内容不免芜杂，惟独这本《向隅编》有点特殊，多为闲适之作。现在重读一过，有几篇意思已经不大，遂顺手删去，剩下的也未必有多精彩，但说实话如今我很难再写得出来。特别是就中谈成语的那一小束，有朋友看了曾略显兴奋地要我一鼓作气写本小书，可不记得是什么事儿打岔，只写了六篇就收手了，尽管拟定的题目还有不少。假如当初按他所说的都写出来，大概并不怎么困难，那么兴许还真是个东西。对此无妨感慨“甚矣吾衰矣”，但亦可说“此一时也，彼一时也”，反正都无所谓。无论如何，这本书得以重新面世，在我总归是件好事。

二〇一五年二月二十六日

《春秋》为鲁史之故名，其记事之法，以事系日，以日系月，以月系时，以时系年，所以记远近，别同异，史之所记，必表年以首事，年有四时，故错举以为所记之名，此杜预之所释也。盖《春秋》者编年之书，故举春以包夏，举秋以赅冬，总之，明其以年为纲而已。及孔子因而修之，亦名《春秋》。其修《春秋》之旨趣，《史记》言之最详。《史记·孔子世家》云：

乃因史记作《春秋》，上自隐公，下讫哀公十四年，十二公，据鲁，亲周，故殷，运之三代，约其文辞而指博。故吴楚之君自称王，而《春秋》贬之曰子，践土之会，实召周天子，而《春秋》讳之曰天王狩于河阳。推此类以绳当世贬损之义，后有王者举而开之，《春秋》之义行，则天下乱臣贼子惧焉。孔子在位，听讼文辞，有可与人共者，弗独有也。至于《春秋》，笔则笔，削则削，子夏之徒，不能赞一辞。

又《十二诸侯年表》云：

故西观周室，论史记旧闻，兴于鲁而次《春秋》，上记隐，下至哀之获麟。约其辞文，去其烦重，以制义法。王道备，人事浃，七十子之徒口授其传指，为有所刺激褒